最強夢装少女の
俺が
ヒロインに
正体バレした結果

古坂水人
こさか・みずと
Profile
冷静沈着、果断即決、成績優秀な生徒会長。常に優秀たらんとしているが、すべては優羽が大好きで頼られたいがため。
柏衣優羽
かしわい・ゆうは
Profile
天然だが、心優しくまっすぐな女の子。水人とは幼少期からの付き合いで、現在は生徒会メンバーとして水人を支えている。

佐々森九暮《ささもり・くぐれ》
Profile
中二病患者で、常にわざとけだるげに振る舞っている。高校一年生だが、二年生の優羽にべったり。
至堂楓子《しどう・かえでこ》
Profile
基本的には常識的でマジメな性格だが、なにかと地味に振る舞ってしまう自分を変えたいと思っている。女性アイドル好き。

目次

メジーナ

Profile

夢見る少女に夢装少女《ファンタジスタ》の力を与える妖精。見た目こそファンタジーっぽいが、日本に古くから棲む土地神的存在。

最強夢装少女の俺がヒロインに正体バレた結果

神秋昌史

角川スニーカー文庫

21195

口絵・本文イラスト／伊藤宗一
口絵・本文デザイン／ビィピィ

序章 ✦ 彼は剣《つるぎ》を振るうべく

高層ビルの壁面を這《は》うソレは、常軌を逸するほど巨大なクモだった。

針のごとき毛の生えた、黒く平たい頭部だけでも二メートルはあるだろう。鋭い爪を備えるゴツゴツした脚部を広げたら、どれほど恐ろしいサイズになることか。

『我は！　豪雨の王！』

頭部の中心から突き出た人型の禿頭《とくとう》が、人ならぬ牙をむきだした。

『やむことのない雨を司《つかさど》る！　我は魔王！　強き存在《もの》！　畏れられし存在！　貴様ら人間の言う「夢」を奪い！　我が身、我が血、我が力としよう！　……だというのに！』

禿頭がぐるりと、一八〇度回転する。

魔王を名乗るそのクモの背中。禿頭のちょうど真後ろに、ふしぎな物が突き出ていた。

台。

回転台。

そう形容するほかないだろう。つるりとした表面を持つ、薄い真円の台である。およそ魔王の背から、いいやクモの背から、いやさおよそ生き物に属するなにもかもの背中から突き出るにふさわしくない、完全な『道具』であるはずのそれ。

『なぜだ！』

激した魔王の口上に合わせ、わおん、とゆるやかに台が回転した。

知識ある人間、あるいはその業界の人間なら、ろくろという名で呼んだかもしれない。

『なぜ貴様らの言う「トーゲーカ」とやらの夢を吸収して、こんなザマにならねばならぬのだ！　ツボができるぞ！　皿もできるぞ！　そんなこと我は望んでおらん！』

回転速度を増したろくろの上に、いかなる現象か、一口《ひとくち》のツボが成形された。

何もないはずの中空から、忽然《こつぜん》と生み出された逸品。硬い毛に覆われたクモの脚が、なぜか見事な焼きまで入っているそれを、器用に取り上げる。

『気に入らぬ！　気に入らぬううう！　ほかの夢をよこせええええええい！』

「〈白亜の城壁〉ッ！」

虚空に展開される光の壁が、投げ放たれた陶器と激突、粉砕せしめた。

うぬぅ、とにらみつける魔王の眼光を、敢然と受け止めたのは、少女。

一段低いビルの屋上に立つ、十代の中ほど、長い栗毛《くりげ》の女性。しかしその堂々たる立ち居振る舞いは、見た目のステータスにそぐわなかった。

鮮やかなピンクを基調にした、どこか修道服を思わせるデザインの衣装。

護国の意を示すかのように振りかざされる、精緻な装飾の施された白杖《はくじょう》。

きらびやかながら愛らしい蝶を模した髪飾りと、強い使命感をまなざしに宿す引き締まった表情。どこかアンバランスながら、見る者の心を惹きつけてやまない存在感である。

「魔王さん！　もとの世界に帰ってください！」

出たな、と魔王が口元を笑みの形にゆがめる。

『待っていたぞ。夢装少女《ファンタジスタ》どもめ！　我が渇望いかばかりか、貴様にはわかるまい⁉』

「知った、ことかッ！」

ピンクの少女に猛《たけ》る魔王を、上空から新たな人影が急襲した。

こちらも少女。歳《とし》のころも同じ。水色のショートカットヘアが強風に躍る。

彼女は青い武闘着に包まれた肢体を空中で翻し、反応できずにいた魔王の尻を蹴り飛ばした。ゴガンッ、と信じられない打撃音とともに、魔王が高層ビルから剝《は》がれ落ちる。

『ぐおう⁉　ッか、くかははは！　数を増やしてくれるとはな！』

四対の脚を大きく広げ、魔王がピンクの少女の目の前に着地した。

『ありがたし！　夢がよりどりみどりではないか！』

「ふざけないでください！　絶対に、夢を奪わせたりしません！　帰ってください！」

「そう。帰れ。ただちに」

ピンクの傍らで、深い紫がじわりと揺れる。

「さもなくば、死ね」

こちらも少女、だろうか。ピンクの少女よりさらに小柄である。

目深にかぶったフードのせいで、顔がうかがえない。風になびく濃紫のローブと、持ち主の身長よりはるかに巨大な大鎌が、この場のなによりも危険な存在感を示していた。

高層ビルから飛び降りてきた、青の少女を含め――都合、三人。

あまりにも特異なそのトリオは、しかしためらうことなく魔王に相対した。

「異世界のクモさん！　陶芸家の夢、もとの持ち主さんに返してあげてください！」

『愚か者が！　夢を返すだとお!?　そんなことができればとうにやっとるわ！』

「うぐ。やっぱり……この魔王さん《あなた》も、夢を返す方法を知らないんですね」

『知るものか！　我が知っておるのは、夢を吸収すれば強くなれること！　意に沿わぬ夢を捨て去りたい場合は、別の夢を吸収して上書きするよりないこと！　そして――』

化けグモの顔面と、人間の禿頭が、どちらも同時に嗤《わら》ったように見えた。

『我に盾突く貴様らが、夢装少女《ファンタジスタ》！　極上の願望をその胸に抱く、異世界《ゆめのくに》の人間であるということだけだ！　さあ奪ってやろう、よこせ！　貴様の夢をよこせい！』

「絶対に嫌です！　帰ってくれないなら、むりやり帰ってもらいます！」

『よう言うたわ、小娘えええええ！』

ギュルン、と魔王の背でろくろが回転し、再び陶芸品を生成する。いくつも。

散開するピンク、紫、青の少女たち。

投擲《とうてき》されたツボの破片を回避し、ひときわ素早い青の武闘着が魔王に肉薄した。

「せいあああああっ！」

『ふんッ！』

目にもとまらぬ格技の連撃を、複数の脚が防ぎきる。

同時、何枚もの皿が空を裂いて飛来した。

飛び退《の》く青を追って、ガシャンガシャンと焼き物の割れる景気の良い音が連続する。

「ちッ。意外とやりづらいな、ボクより速いよ。見た目的には強そうに思えないのに」

「油断しないで、デコちゃん！　いつも通りに牽制《けんせい》をお願いです！」

「了解。きみの期待をくれるかな、優羽《ゆうは》？」

「もちろんです！」

「ありがとう。ボクは今日ももっと、もっともっと速くなれる！」

地を蹴った青の少女が、魔王を逆襲する。

言葉の通り、心なしか、先ほどよりもさらに速い。

「防御はわたしにまかせてください！　必殺は九暮《くぐれ》ちゃん、や、やれますか⁉　すごく怖い魔王さんですけど、でも九暮ちゃんなら！　九暮ちゃんしか！」

笑止、と紫のローブが前へ出た。フードの奥から覗《のぞ》く瞳が、剣呑《けんのん》な光を宿している。尖《とが》った戦意がにじみ出ているが、やはりその声は男性のものではない。

「九暮は恐怖しない。恐怖心など持たない」

「すごいです九暮ちゃん！」

「九暮は宵闇。王より深き黒。虫とかだって怖くない」

「さすが！　わたしはいまだにゴッキー倒せません！　九暮ちゃん頼れる！　天才！」

「ふふ……。おい覚悟せよ、異世界のでかいの。クモ魔王だかツボ魔王だか、知ったことではないが。そこを動くな……！」

ず、と紫の少女が歩を進めた。

生ぬるい風の吹きすさぶ屋上を、一歩、また一歩と前進してゆく。視線に秘められた確かな殺気が、担ぐように振り上げられた大鎌の刃に宿っているかのようだった――が。

その歩みは、遅い。極めて。

「こらっ、九暮くん」

魔王を足止めしていた青の少女が、大きく間合いをとって振り向く。

「まさかまた、鎌が重くて走れない、なんて言うつもりじゃないだろうね？」

「鎌が重くて走れない……」

「このバカ！」

がおおお、とわかりやすい咆哮《ほうこう》とともに、魔王が大量のツボをまき散らした。

ピンクの少女がかざした杖《つえ》から、光の粒子が飛散する。それは仲間の少女たちを守る盾と化し、降り注ぐツボを砕き、弾《はじ》き返した。

それでも攻撃は止まらない。無尽蔵に生み出され、ためらうことなく宙を舞い、次々と粉微塵《こなみじん》になってゆく焼き物の絨毯《じゅうたん》爆撃は、見ようによっては爽快に映らなくもなかった。

『夢だ！　夢の力をよこせい！』

分厚い雲に覆われた空の下、魔王の声が雷鳴のごとく轟《とどろ》く。

『命を奪おうなどとは言わぬ！　むしろもったいない、なんなら危害も加えぬわ！　三人もここにおるのだから、一人の夢くらい構わぬだろう！』

「夢って、そんな数えかたするものじゃありません！　あなたは間違ってます！」

『黙れい小娘！　くくく、貴様の夢の力からは、ひときわよい香りがするぞ！　さぞかし上等の夢を持っておるのだろう、闇の力とするにふさわしいような！』

「なっ」

『暴虐と怨嗟《えんさ》、後悔が渦を巻き！　血と闇でもって烙印の意志と成す、禍々《まがまが》しき災夢《さいむ》をなあ！　ふははは気に入ったぞ！　我が力とするにふさわしい！』

「か、勝手なこと言わないでください！　もう怒ったっ――」

一歩踏み出したピンクの少女の足が、転がっていたツボを踏みつける。

バランスを崩した彼女に、捕獲用なのか、巨大な網型のツボが迫った。どうにか光の盾で砕き散らし、防ぎきったものの、その隙をついてクモの長い脚が迫る。

驚愕《きょうがく》した少女の両目が、ぎゅっと閉じられ――

彼方《かなた》より飛来した黒い光が、魔王の脚を切り裂き、吹き飛ばした。

『ぐあ!?　ぬ、ぬぐぅっ……おのれ今少しのところを！　何者だ!?』

振りあおぐ魔王の、赤い眼が向く先。別のビルの屋上に、一人の女性が立っていた。

黒い。

一見し、さらに二度三度と目を凝らすたび、その透き通るような存在感を【黒】と言い表すよりほかなくなる。細い身体の要所だけを覆う、飾り気も、守る気も、傷つけられる気もない軽装の黒鎧《よろい》。強いビル風にゆったりと舞う、長く重たげな闇色のマント。

そして仮面《ペルソナ》。

まるで、洒落《しゃれ》た催しの舞踏会にでも行こうと言うかのような、薔薇の意匠。すらりと高い鼻の形に合わせ、頬《ほお》の上から目のまわりを隠している。

身に着けている物だけが黒いといえば、そうかもしれない。

曇天に映える滝のような銀髪も。上等な陶磁器のような白磁の肌も。尖りに尖った装いをぴたりと無表情にまとめる真っ赤な唇も、どれも余さず印象的である。

それでも彼女は、圧倒的なまでに【黒】だった。

脚を一本失った魔王が、怯《ひる》まずツボを生み出し、投擲する。

よけても受けても当たっても、それなりに愉快な絵面になりそうだったが。

黒の少女は、わずかに身をひねった。

腰にはいていたロングソードを、一息に鞘《さや》から抜き放つ――きらめきの尾を引いた軌跡から、闇の稲妻を宿す白光が迸《ほとばし》った。

空を裂いた光刃は、ツボを跡形もなく、かけらすら残さず、文字通り微塵《みじん》に粉砕する。

魔王が驚くいとまもなく、二撃、三撃、幾十撃の刃が生み出された。

『ぎゃおおおおお!?』

降り注ぐ猛攻に、魔王がのたうつ。いくらツボを作ろうと、脚を振り回そうと、光刃を止めることができない。ガード不能のダメージが重なり、貯水塔に叩《たた》きつけられた。

黒の少女が、抜き身の長剣を振りかぶる。

銀の刀身に闇色が這《は》い、周囲の大気を鳴動させた。

『つ、強い……っおのれ、これまでか！　しかしただでは還《かえ》らぬ、還りはせぬ！　夢装少女《ファンタジスタ》どもよ、我が棲処へ連れ去ってくれるぞ――』

「えいッ！」

ピンクの少女が杖を振りかざし、動きの鈍った魔王を光の檻《おり》で捕らえる。

その傍らで、青の少女が気合いとともに、紫の少女を両手で持ち上げた。

「いくよお九暮くん！　舌嚙《か》まないようにね！」

「よせっ。やめろっ。こういう力技は好かないといつも言って、う、う、うおおお」

ぶん投げられた勢いのままに、天地を断つがごとき鋭さで大鎌が振り抜かれる。

光の檻ごと、魔王を一閃《いっせん》。

『ぐ、ぐあああああ！　あきらめぬっ……夢をあきらめぬぞ！　夢装少女《ファンタジスタ》どもめぇー！』

横一文字に走った傷口から、またたくまに光の粒子と化し、魔王の巨体が消え去った。

屋上を埋め尽くすほど散らばっていた焼き物の破片も、細かな光となってゆく。

ふう、と小さく吐息して、ピンクの少女が振り返った。

「あの！　また！　また助けてくれて、ありがと――……う」

途切れかけた感謝の言葉が、それでも最後まで押し出される。

視線の先、離れたビルの上に、黒の人影はすでにない。

空を震わせていたエネルギーも、世界をひび割れさせるようだった稲妻も。

まるで最初から存在しなかったかのごとく、静かな空気に溶け消えている。

今さらのように、街の喧騒《けんそう》が響いてきた。道路は通行止めにされているはずだが、その外は平常運転であるらしい。

「今回も、力を借されてしまったね」

投げられたまま屋上にのびている紫の少女を放置し、青の少女が小さく肩をすくめた。

「黄昏《たそがれ》騎士に」

「……うん。危ないところでした」

「魔王たちの力が、増しているように思う。ふざけたなりして、さすがに調子が狂うね。

ともかく学校には、ありのままを報告しよう」

「誰にもケガがなくて、よかったです！　また黄昏騎士さんに、ありがとうって言い損ねちゃいましたけど」

「そうだね、優羽。まったく、誰なんだろうね、あれは」

もう一度振り返ったピンクの少女が、うん、と小さな声をこぼす。
「本当に……あなたは、誰なんですか？　黄昏騎士、黒の、夢装少女《ファンタジスタ》さん」

この俺、古坂水人《こさかみずと》である。
黄昏騎士などと呼ばれている、黒い衣装に仮面の少女。その正体。実態。中の人。
銀髪ではない。肌もさほど白くない。あんな鎧も持っていない。
なにより、女ではない。
純然たる男だ。十七歳男子高校生だ。
にもかかわらず、黒を身にまとい、剣を携えた夢装少女《ファンタジスタ》をさせてもらっている。
なぜ？　どうして？　どうやって？　答えは単純明快である。
柏衣優羽《かしわいゆう》に惚《ほ》れているからだ。
心の底から。それはもう、女の子にだってなれるほどに——

一章 ✦ 彼は優羽《ゆうは》を護るべく

鳴扇《めいせん》学園大学附属高校に、夢装《むそう》理事なる役職の人間がやってくることは、知っていた。

同校の生徒会長は俺だからな。その手の報《しら》せは、早くに受け取れる。

今日は四月。始業式の日。新入生にとっては入学式だ。

俺も先ほど式におじゃまして、祝辞を済ませてきた。空気を読んで二分で切り上げ、さて今度は学年集会に出なければと準備していたのだが。

「つまりこれは、生徒会役員たちではなく、古坂水人《こさかみずと》くん個人への頼み事なのだよ」

夢装理事室というひねりのないプレートのかかった部屋で、妙齢の美女がにっこりと俺に笑いかけた。

「すぐに結果を出せだの、失敗はゆるさないだのと言うつもりは一切ない。もちろん、古坂くんの優秀さに期待しての依頼なので、がんばってもらいたいところではあるが」

「……賀城《がじょう》先生」

「よしてくれ、教員免許は持っていない。十春《とはる》センパイ、でも構わないよ？」

「いえ。賀城さん、質問があります」

メガネのフレームを指先で押し上げ、俺はレンズの中央に彼女を捉えた。

下の名前で呼び合えるほど、親しい間柄なわけでもない。確かに彼女、賀城十春が五代前の生徒会長として在学していたときから、顔見知りではあったけれど。

赤みがかった、猫のようなクセ毛をくるくると指先でもてあそび、賀城さんは革張りの椅子にもたれた。

「なにかな。戸惑うことだらけだろう、私でよければなんでも答えるとも」

「まず、なぜ俺なんですか？」

「というと？」

「主旨はわかります。なぜそうするのかも。この学園の――」

理事室の窓から、外の景色を眺める。

二階の高さから望むグラウンドに、制服姿の若者が群れをなして整列している。絶賛、集会中。遠目からでも女子が多いことがわかる。男女比一対三、正確には男子二〇一名、女子六三二名。この学校の特色のひとつだ。

しかし今、世間的に、鳴扇学園のいちばんの特徴といえば。

「夢装少女《ファンタジスタ》たちの、夢をケアする」

「ああ」

「カウンセリング、ということですよね。必要ですし、賀城さんならではの着眼点だと思います。夢装少女《ファンタジスタ》の学生たちも、よろこぶのではないでしょうか」

「そうだろう」

「いや……だから。なぜそれを、専門知識のかけらもない俺がやらなくてはならないのですか、と。言葉と視線で訴えているんですが」

「なんだ。私があまりに美しいから、熱い瞳で見つめ続けているのかと思ったのに」

ポジティブだな、過剰に。さすがは元最強の夢装少女《ファンタジスタ》。

「きみも知ってのことと思うが……ここしばらく、魔王の襲撃が増えている」

賀城さんが目つきを改めた。

第一線を退いてなお、その眼光には背筋を伸ばさせる迫力がある。

「まずひとつ、誤解を正しておこう。きみに頼みたいのはカウンセリングじゃない」

「それは……ほっとしましたが。では、心のケアとは？」

「私は『心の』とは言っていない。『夢の』ケアが必要だと言ったのだ。おいおい古坂くん、頼むよ？　きみがまさか、夢装少女《ファンタジスタ》について、世間一般に公表されている情報しか知らないということもないだろう」

「知りませんよ」

そういうことにしておいたほうがいい。

というか単純に、賀城さんの言うことが難解だ。

「ふむ。きみには……夢があるかい？　古坂くん」

「ありません」

「正直に？」

「ありません」

「リアリィ？」

「ないと言っています」

「よろしい。ではきみは、魔王どもに襲われることはない。あの日、突如としてここではない世界から現れ、人々から『理想の自分』『希望の将来』『明るいなんやかんや』といったものを奪いはじめた、忌まわしき存在に……」

「最後投げやりでしたが」

「魔王への対抗手段はただひとつ。我が学園にのみ存在し、およそすべての魔王被害を一手に引き受け、退けている、夢装少女《ファンタジスタ》チームだけだ」

賀城さんがリモコンを操作し、壁際のディスプレイを起動させた。

ニュースの映像が流れる。昨日か今朝のものの録画だろう。クモのような姿のバケモノが映っているので、すぐにわかった。

あれが、異世界の魔王だ。

そしてその周囲をちょこまかと動き回り、侵攻を食い止めるべく奮戦している三人の少女たちが、夢装少女《ファンタジスタ》。つまり全員、鳴扇学園の生徒である。

いやあ今週は二度も魔王が来ましたねえ、などと女性キャスターがコメントしている。

彼女が、ひいてはこの番組が、とりたててのんきというわけではない。初めて魔王が襲来してから五年。世間一般での『事件』の扱いは、これほどに優先順位を落としている。

「危ういと思わないか」

呟《つぶや》く賀城さんの言わんとしていることはわかったが、俺はじっと黙した。

「魔王は夢を狙っている。それも己の存在目的に見合う、およそ尖《とが》った夢をだ」

「実際には、わりと手当たり次第のようですが」

「なー。なんで魔王ってあんなアホなんだろうな。こっちの世界の知識がないにしてもひどい。このクモなんてギャグだろうギャグ、背中にろくろだぞ。おっ、ツボが出るぞ」

ニュースの中で、高名で偏屈な陶芸家のごとくツボを投げ割りまくっている魔王は、どこからどう見てもまともなサイズではない。

クモの脚を広げれば、二〇メートル以上にもなるのではなかろうか。

にもかかわらず、全身で飛び降りられたり、壁面に取りつかれたりしているビルには、ひび割れひとつ入っていない。

「魔王《こいつら》はもれなく精神体だ。物理攻撃で致命傷を与えることはできない。まったく効かないということもないが、きゃつらにとって物理というものがどういう意味を持つのか、調査も研究も進んでいない状況だ」

ゆえに、と賀城さんは両手であごを支えた。

もう少しで、あの、あれのポーズになる。優羽《ゆうは》が好きだって言ってた古いアニメで、ヒゲにグラサンな司令官キャラの——忘れた。

「魔王にダメージを与えられるのは、夢装少女《ファンタジスタ》が持つ夢の力のみ……夢を奪おうとする敵に、夢で変身する少女たちが立ち向かわねばならないということ。まったく良い構図ではない。しかし体感した私が言うが、これは今しばらく、変えられそうにないのだ……」

「四年以上にわたって、戦線を支え続けた賀城さんの言うことです。いたしかたないと、みんな理解しているでしょう」

「いずれ変えてみせる。対魔王手段の少なさも。異世界側からだけ、好き放題に侵攻してきていることも。なにより、夢を抱いた少女たちだけを戦わせてしまっていることも！」

少女たち、だけ。

表情を変化させないように努める俺の前で、賀城さんはニュース映像を止めた。

「まるで対岸の火事だ。この大人どもにも腹は立つが、正直私も、過剰な心配は当面のところ、必要ないと思っている……しかし、夢という曖昧すぎるものを根拠に戦っているんだ。いつ状況が変化するか知れない。打てる手は、すべて打っておきたい」

「それで、夢のケア、ですか？」

「ああ。なにより私が――ん」

賀城さんの視線を追って、俺も振り向く。

理事室の壁をすり抜けて、小さな少女が現れていた。

身長、わずか三、四〇センチほど。

金色に波打つロングヘア。ふっくりした手足に、シルクを思わせる白のドレス。憂うような淡い表情が、笑えるようで笑えない三頭身の体軀《たいく》に妙にマッチしている。七色にたゆたうオーラを背後に漂わせる様は、およそ考えうる神秘性の体現ではあった。

あまりに特異なその少女は、トンボのような羽でひよひよと宙を進んでくる。

俺の横を通りすぎ、賀城さんのデスクの隣で、ふわりと浮かんだ。ほどよい高さに停止して、上品さを崩さずににこにこと微笑《ほほえ》む。

普通ならば、叫ぶか、叫ぶか、叫ぶかするべき常識外れの存在。

しかし、賀城さんにとっては――そして、俺にとっても――すでに慣れきっている相手であった。

「戻ってきたか。ちょうどよかった。古坂くんにちゃんと紹介しておきたかったんだが、彼女は気まぐれでね」

こちらも穏やかな笑みを浮かべて、賀城さんが彼女を示した。

「名前は知っているだろう？　メジーナだ。彼女がいるからこそ、すべての夢装少女《ファンタジスタ》は安定して変身することができている」

「ふしぎな仕組みですよね……」

「こんななりをしているが、本当の名は瑪志奈命《めじなのみこと》。日本に古くから棲《す》んでいた精霊、土地神とも呼ぶべき存在だよ。夢装少女になれる者にしか彼女の声は聞こえないが、心配しなくていい。古坂くんに力を貸してくれるはずだ」

立ち上がった賀城さんが、備え付けの冷蔵庫から冷えた紅茶を取り出す。

小洒落《こじゃれ》たカップに注いで、神様――メジーナに差し出した。小さな彼女にはいささかサイズが合わないのではと思えたが、存外ためらいなく受け取っている。

くぴりと紅茶をたしなむ彼女に、賀城さんが目を細めた。

「私には……もう、メジーナの声は、聞こえなくなってしまったが」

「そうですか……」

「こちらの声は、ちゃんと聞こえている。しっかり理解してくれている。表情を見れば、何を言っているかわかるよ。長い付き合いなんだ。これまでも、これからも……」

メジーナが顔を上げ、賀城さんを見て笑った。

賀城さんも、あたたかく微笑み返す。永の相棒《とも》に向ける、それは信頼の表情。

「よろしくな、メジーナ」

「ミ、ミ、ミズト？　なんですのこれ。どういう状況ですかしら？」

「………。」

聞こえてないふり。聞こえてないふりだ。

「メジーナ、私もこういう立場になった。いろいろとやることも増えたから、協力者を頼んだのだよ。彼は古坂水人くん、この学校の現生徒会長だ」

「あ、ミズトの『正体』がばれたわけじゃありませんのね？　なーんだ。驚きましたわ」

「古坂くん、メジーナはおもしろいんだぞ。見た目がこんななのはわざとで、いつも冗談ばかり言うんだ。その気になればちゃんとした頭身《デザイン》にもなれるが、疲れるからやりたくないんだと。おもしろいだろう？」

「トハル？　あなたちょっと、なんだか太ったんじゃありませんこと？」

「しゃべりかたは変に古風なんだけどな。おっと大丈夫、筆談もしてくれるから、ちゃんと意思疎通はできるよ」

「嫌ですわよ筆談なんて。めんどうですわ。スマホをくださいませな」

「私と彼女のような信頼関係を、できれば古坂くんにも築いてもらいたい」

「でーぶーでーぶートハルのでーぶ〜。スイーツ食べすぎカレシなし〜」

……賀城さんに今、メジーナの声が聞こえていないことを、もちろんメジーナは知っている。

ということを、俺は、知っている。

メジーナは絶えず、ゆるやかな笑顔である。

ふわふわと宙に浮き、一種神々しさすら感じさせる雰囲気を保ったまま、とても神とは思えない放言を連発している。賀城さんと視線を合わせ、見つめ合った状態で、である。

いつも冗談ばかり言う、か。

だいぶオブラートに包んだ表現なのではあるまいか。

「ははは メジーナ、そんなにしゃべりたいことがあるなら、筆談すればいいだろう」

しないほうがいいと思います賀城さん。

「さて、古坂くん。具体的に言おう。きみに頼みたい、夢装少女《ファンタジスタ》たちの夢ケアとは」

「ええ」

「予想はついているかもしれないが、この三人に絞った前提での話だ」

賀城さんが、デスクに写真を並べる。

見るべく歩み寄った俺のまわりを、ふわふわ飛んだメジーナがゆるーりと一周して、元の位置に戻っていった。……それだけだった。

「はは。どうやら気に入られたみたいじゃないか、古坂くん」

「ええ。あたくしはミズトを気に入っておりますことよ？　とってもとっても」

反応したい。が、できない。

ごまかす意図も含めて、俺は三枚の写真を凝視した。

誰が写っているのかは、見る前からわかっていたけれど。

「現時点における、対魔王の要となるチームだ」

ええ、と答えながらも、俺の視線は三枚中一枚に釘付《くぎづ》けになってしまう。

基本、三人一組《スリーマンセル》で行動する夢装少女《ファンタジスタ》たち。三人に絞ったということは、当然三人全員の面倒を見ろと言われているに他ならないのだが。

まんなかの写真で笑っている、栗色《くりいろ》のロングヘアが印象的な少女。

優羽。

本当にかわいくなった。写真で見てもそう思う。昔は写りが悪くて、まるですねたシーサーみたいな記念写真がたくさんあったのに。

「夢装少女《ファンタジスタ》の素養を持つ者は、学園内に大勢いる。すでにチームを組んでいる者たちもいるが……彼女たちの力の源となる夢は、いわゆる戦いに通じるような夢ばかりではない、という点がな。そもそもそんなに、戦闘的な夢を抱いた少女がいても困る話ではあるが」

「トハル？　ミズトは今、恋の炎を激しく燃やしているのですわ？　あなたの言葉など耳に入りませんことよ」

「魔王は恐ろしい存在だ。純粋な夢を抱いているだけの女の子たちに、戦いを無理強いするわけにはいかない……そんな中にあって、戦闘意欲、個々の能力、チームワークに秀でているのが、このトリオというわけだ。まったくありがたく思っている」

「ミズトはユーハたんにしか興味ありませんわ。らぶらぶユーハ。もなむーるユーハ。脱いだらおっぱい大きいんですのよこの子。ミズトはアレですわ、むっつりスケベですわ」

「柏衣優羽《かしわいゆう》くん、佐々森九暮《ささもりくぐれ》くん、至堂楓子《しどうかえでこ》くん。いい子ばかりだ。戦いのために、彼女たちの夢に万が一があってはならない。そう言いつつ、後輩たちに頼らねばならない現状が、本当に心苦しいよ……」

「ミズトも苦しいと思いますわよ、胸の奥をギュッと締めつけられて――」

椅子を回転させた賀城さんが、切なげに窓の外へ目を向けた一瞬。

俺は左手を伸ばし、メジーナの顔面を鷲摑《わしづか》みにした。

「むぎょっ」

害悪死すべし。

「ほぎゃあっ」

ほどよく全力で握りしめ、何事もなかったかのように写真に向き直る。

くるうりと一回転した賀城さんが、ディスプレイのリモコンを手に取った。

「夢のケア自体、初の試みということもある。古坂くんの手腕には期待しているが……、ん、どうしたメジーナ？　紅茶をこぼしてしまったのかい？　あはは、相変わらずおっちょこちょいだな！」

「そ……んな程度の、洞察力で、よく夢装少女《ファンタジスタ》のドン張ってましたわねトハル……」

「古坂くんは、この三人全員と顔見知りだね？　誰がどう変身するのかも、ちゃんと把握しているかな」

はい、と答えながら、賀城さんがズームしたニュース画面に目を向ける。曇天に覆われたビルの屋上で、魔王相手に臆さず立ち回る三名。

茶髪でロングの、やさしげな優羽——杖《つえ》を手にした、ピンクのビショップ風夢装少女《ファンタジスタ》。

黒髪おかっぱ、目つきの悪い九暮——大鎌に目深なフード、深紫色の死神風夢装少女《ファンタジスタ》。

青味《あおみ》のあるセミロング、きりっとした楓子——手甲に武闘着、水色の闘士風夢装少女《ファンタジスタ》。

ビジュアル的にもわかりやすく、なるほどバランスの良さも感じさせるトリオだ。ゲーム風に言うならば、回復・必殺・近接といったところか。

彼女らの、夢をケアする。

夢を、ケア。

ここまで何度も聞かされたことを、今一度舌の上で繰り返し、俺は首をかしげた。

「つまり……俺は何をすれば？　柏衣たちの夢を叶《かな》える手助けをすればいいんですか」

「それは、ダメなんだ」

「ダメ？」

「夢を叶えるのはすばらしいことだ。だが、夢を叶えた夢装少女は、夢装少女になれなくなってしまう」

私のように、と呟《つぶや》く賀城さんは、少しだけ寂しそうだった。

「しかし、夢に向かう力こそ夢装少女《ファンタジスタ》の力。それなくして、魔王の打倒はありえない。敵への科学的対処法が確立されていない今は、強力な夢装少女《ファンタジスタ》にできるだけ長く、前線を支えてもらわなければならない……」

「であれば……夢を叶える方向ではあるけど、叶えるには至らない程度のケアが必要、ということですか？」

「極めて察しがいいな。だから生徒会長なのか？」

「とんでもないです」

俺が優秀だからに決まっている。

……いるよな？

「察しの良すぎる男は嫌われましてよ。ユーハたんもきっと嫌いですわ。フラれますわ」

「言葉にすると簡単そうですが」

「ぐえあ」

「おっと失礼」

ナチュラルに手をついたふりをして、デスクに這《は》いつくばるメジーナを軽く押しつぶしておく。

賀城さんがふしぎそうな顔をしたが、それだけだった。確かに洞察力がにぶい。

「夢や目標をつつくのは、ただでさえ繊細な問題になります。そもそも夢を知られたくない場合だって多いだろうし、他人の力を借りたくない人間も少なくないでしょう」

「鋭いな。自分には夢がないと言いながら」

「茶化《ちゃか》さないでください。第一、そう、その問題があります」

「問題？　というほどでもないだろう。今どき夢のない若者の一人や二人」

「その発言もどうかと思いますが……夢に向かう、ですとか。夢のために努力する、ですとか。そういう感覚が、俺にはよくわからないんです」

夢、という単語に焦点が当たった時点で、嫌な予感はしていたのだが。

「なにせ昔から、やりたくなったこと、やろうと思ったことは、だいたいなんでもすぐにできましたからね……」

「はいイキりました〜」

「入試で失敗したこともないし、学年一位はむしろ義務だと思ってるし。就こうと思って就けない仕事もあまりなさそうなので、そこもピンとこなくて」

「イキってますわ〜。いまだイキってますわ〜。これぞミズトの真骨頂ですわ〜」

「いまいち熱くなれないというか、なったことがないというか。そんな俺なんかが、夢のために必死な人間の助けになれるかどうか、疑問です」

「ここぞ！　ここぞとイキり倒してますわ〜。『なんか』とか言って自虐風自慢を挟みつつ、嫌みったらしさメーター超えのハイパーイキリスト降臨。うざい！　ですわ〜」

今こそメジーナを蹴り飛ばしたいが、さすがに状況的にできない。

本当のことを言っただけなのに、なぜバカにされなければならないのだろう？

大丈夫だ、と賀城さんが大きくうなずいた。

「さっきも言った通り、初の試みであることは重々承知している」

「トハル、イキリって言ってやってくださいな。イ・キ・リ。この調子ぶっこいたクソメガネボーイに、ほらほら、言ってやっちゃってくださいな」

「できる限りのフォローはさせてもらう。というか、古坂くんはいわゆる実行部隊だ」

「イ・キ・リ。あそーれイ・キ・リ。ねえトハル、言ってくださいってば、ねえねえ」

「マニュアル進行とまではいかないかもしれないが、あまり気を張る必要は――」

「ねえねえねえねえねえねえってばねえねえ」

「はは、メジーナ、すまないがこっちにいてくれないか？　新しい紅茶を注いでやろう」

「あやーん」

顔のまわりをくるくる旋回していたメジーナを、賀城さんがデスクのすみに押しやる。

逆の手で差し出された封書を見て、俺は眉をひそめた。

「……『禁。読後、焼却のこと』。……これは？」

「重要な個人情報が入っている」

「！」

「きみに預けるが、取り扱いにはじゅうぶん注意してくれたまえ。まずもって流出は避けなければならない。夢装少女《ファンタジスタ》たちをケアするためにメジーナから得た情報であって、傷つける結果になることは絶対にいけないからな」

すなわち、夢。

優羽たちの夢が、この中に書かれている、ということか？

賀城さんがうなずくのを待って、俺は封を切った。つとめてゆっくりした手つきで、中の紙を取り出す。はやる気持ちを抑えたいがためだ。

優羽の夢。どきどきする。

あのけなげでかわいい夢装少女《ファンタジスタ》が、いったいどんな夢を抱いているのか――

柏衣優羽：いっしょに下校すること
「……………」

いっしょに。下校。

二度、いや三度ほど読んだ。

言葉が出ない。出せない。しかしまぁ、その、出さなければ。

「なん……ですか？　これは」

「誰のを見た？」

「ゆう……柏衣です」

「ふむ、柏衣くん。シンプルじゃないか？　彼女といっしょに下校してくれ。以上だ」

「……夢のケア、ですよね？」

「そうとも」

「理屈がまったくわか……いや、えーと。なぜこの行動が指示されているのか、理由を教えてもらいたいです」

質問のしかたにもぎりぎり気を遣えた、はずだ。

本当は「アホか」とか言ってしまいたい。

「理由はな」

「はい」

「わからない」

「アホか」

「なんだとう！」

言ってしまった。

ついこの正直者の口が。

「きみぃ！　言っていいことと悪いことがあるんじゃないのかね⁉」

「す、すみません、つい勢いで」「あっはっは！　あっはっは！」

「優秀だと持ち上げたからいい気になっているのか！　このぉ、私はなー、夢装理事なんだぞ！　えらいんだぞ！」

「えらく簡単に権力振りかざしましたね⁉」「あっはっは！　えひひ！　あっはっは！」

抱腹絶倒するメジーナがうざすぎる。どこからともなく取り出したミニ扇子で口元を隠し、見た目はあくまで優雅に取り繕っているあたり、格別の殺意が湧くな。

ともあれ。

「いいか古坂くん！　きみに渡したその紙は、メジーナの協力のもと作成した、夢ケア段階的目標、その第一段階だ」

「第一？」

「鳴扇学園側では、生徒たちの夢の内容を把握していない。教育者として深入りするべき部分かどうか、それこそ極めて繊細だからな。私はもちろん、各担任や生活指導担当に至るまで、積極的に夢を聞き出すことはしない。要するに普通の学校のままだよ」

「なるほど……まぁ、大人に知られることで、夢でなくなってしまう夢もあるかもしれませんからね」

「そういうことだ。はっきり公言してくれている生徒は別として、大人からちょっかいを出すわけにはいかない」

「しかしつまり、メジーナは、夢装少女《ファンタジスタ》たちの夢を知ってるわけですか」

だが、優羽の夢が下校に関することであるはずがない。というか、下校に関する夢とはいったい。単純に、この指示自体が謎すぎる。

段階を踏むのだ、と賀城さんは繰り返した。

「きみの言う通り、夢装少女《ファンタジスタ》に夢を叶えさせるわけにはいかない。しかし夢に向かう後押しはしなければならない。これは非常に残酷な試みともいえる」

「そうですね。ちょっかい出しまくりといえます」

「手厳しいな。だが必要なのだ。魔王は危険な存在だ、世間が思っているよりはるかに！　きみはできる限り、この三人と行動をともにし、彼女たちがいかんなく夢のエネルギーを発揮できるようケアしてくれたまえ」

「いや、待ってください。またえらくさらっとおっしゃってますけど、このトリオがいちばん魔王と戦ってますよね？　俺が同行するとして、その危険な存在に巻きこまれたらどうするんですか」

「きみには夢がないんだろう？」

「はい」

「なら襲われまい」

いいのかそんな適当で。ぜんぜん釈然としないぞ。

冗談だよ、と続ける賀城さんの目が、まったく笑っているように見えない。

「もちろん、戦闘現場まではついていかなくていい。だいたいほら、魔王が現れたらへんに野次馬《やじうま》の群れができるだろう。そのあたりにいればいいさ」

「なんでそんなぞんざいなんですか俺の扱い」

「そんなつもりはない。もうひとつ、頼みたいことがあるだけさ」

賀城さんが、リモコンの再生ボタンを押した。

停止していた録画が進行し――画面の中、ピンクの夢装少女《ファンタジスタ》に狙いをつけた魔王を、別の方向から飛び来た黒い光線が直撃する。

『今回も現れました、黒衣の夢装少女《ファンタジスタ》。その正体は、いまだ謎に包まれています』

キャスターのコメントとともに、ビルの際に立つ少女が大写しになった。

今までの三人と、一線を画す雰囲気。

その仮面に表情はなく、ただ淡々と剣を振るう。

放たれる黒光は凄《すさ》まじい威力で、あっという間に魔王を追いこんだ。しかしトリオがとどめを刺したとき、黒衣の少女は消えている。ビルのどこにも、影もかたちもない。

——想定通り。カンペキだ。

昨日もまた、華麗に優羽の危機を救うことができた。正体も、誰にもばれていない。

「この夢装少女《ファンタジスタ》……黒のイメージ、仮面、ロングソード。いずれも学園のデータにない」

賀城さんにもばれていないんだ。隙のない立ち回りができているといっていいだろう。

……なぜ今、この映像を？

「あの……賀城さん。まさか」

「きみも知っているな？　ここしばらく巷《ちまた》を騒がせている、黒の夢装少女《ファンタジスタ》。どこから情報が漏れたのか、鳴扇学園の管理下にない存在だということが知れ渡ってしまった」

「え、ええ」

「我々も手を尽くしているが、まったく詳細がわからない。確からしいことは、現在活動しているどの夢装少女《ファンタジスタ》よりも強力であることと、柏衣佐々森至堂のチームが魔王と戦っているときによく現れること……要するに、きみも遭遇する可能性が高い」

「無理して調べろとは言わない。だが、この黒の夢装少女《ファンタジスタ》——通称、黄昏《たそがれ》騎士について気づいたことがあれば、それも報告してくれ」

わかりました、と答えつつ、俺は心密《ひそ》かに安堵《あんど》した。

よもやなかろうと思っていたが、やはり、俺がそうだとばれたわけではなかった。

むしろ、これは好都合じゃないか？　俺からの報告にどれほどの信憑性《しんぴょうせい》を見出《みいだ》すつもりか知らないが、それ自体が隠れみのになるかもしれない。

「なるほどー」

「よい流れですわねー？」

黙れメジーナ。唇でも読まれたらどうする。賀城さんにできるとも思わないが。

「古坂くん、なにか質問は？」

「あります。俺がメジーナを連れ歩く理由はどうします？」

「なつかれた、とかでいいんじゃないか？」

無理がある。

「あたくしが？　なつく？　ミズトに？」

紅茶を飲み干したメジーナが、宙に浮かんだままかちゃりとカップを置いた。

微笑みも新たに、ゆるりと一回転。白い燐光がパッと散り、メジーナのシルエットがたちまち細くなった。

オーラ立ちのぼる七頭身。

サイズこそ変わらず三、四〇センチだが、まとう空気が一変している。

厳かながらのんびりしていた目元は、戦神アテナがごとく引き締まり。神々しくもぽってり丸かった身体は、まさしく妖精と呼ぶにふさわしい華奢かつしなやかな造形を得る。

神様《ほんき》モードとでもいうべきだろうか。

見守る俺たちを導くかのように、メジーナは堂々と右手を掲げて――

「冗談はよしこさん！　勘違いはいけませんわトハル、あたくしがミストになついているのではありません！　ミストがあたくしになついているのですわ！　まったくイキリで甘えたーで、手がかかるったらありゃしませんこと！」

沈黙が落ちる。

俺の目尻が激しく痙攣《けいれん》しているだけで、ほかには動くものもない。

うむ、と賀城さんが目頭に指先を当て、感慨深げにうなずいた。

「古坂くん。聞こえずとも伝わるだろう。メジーナの心意気。護国の想いが！」

「なんでいちいち変身したんだ、このクソ精霊……」

「ん？」

「いえ。まぁ、連れ歩く理由は、適当に捏造します……あともうひとつ」

「なにかな」

「もし仮に、俺が夢をケアすることで……万が一ですが、柏衣たちの夢が叶ってしまったとしたら？」

「そのときは」

ぽむっ、と白い煙を上げて三頭身《デフォルメ》に戻るメジーナを眺め、賀城さんは微笑んだ。

「祝福するとも！　夢が叶ったな、おめでとう、お疲れさまと。夢装少女《ファンタジスタ》としての一線からは退き、普通の女子高生として生活していってもらう」

「誰かに、それを責められるとしても？」

「そんなことは私がさせない。私がこの役職に就いたのは、夢装少女《ファンタジスタ》たちを守るためだ。あらゆる意味でな」

「安心しました」

きっと、俺にはわからない大人の事情やら、賀城さん自身の都合なんかもあるだろう。

そこを『少女たちのために』と言い切ってくれるなら、それ以上のことはない。

むしろ、今後の想定のために、さぐりを入れておく必要があるのは……

「その……黄昏騎士って、確かによくニュースにもなってますけど。学園が正体を調べてるのは、どういう目的なんですか？」

「学園的には、ま、把握しておきたいことが多いとでもいうかな。存在そのものが謎すぎる。特になぜ、そんなに強いのか……情報交換でもしておければといった程度か」

「はあ……。敵ではないようですしね」

「だが、私個人の目的でいえば、行動をともにしたい。もっと言えば、学園に迎えてチームを組ませたい、と思っている」

「チームを？」

一時停止したニュースに目をやり、賀城さんはうなずいた。

「知っての通り、夢装少女《ファンタジスタ》は個々人によって能力が大きく異なる。得意分野が違うから、複数人で補い合うことで真価を発揮することも多い」

「スリーマンセルが基本ですもんね」

「ああ。しかしかの黒ちゃんは」

「黒ちゃん」

「いつも一人だ。これまでずっと遠距離攻撃を繰り返し、我が校の夢装少女《ファンタジスタ》をサポートしてくれている。これが黒ちゃんの特性かどうかも疑問に思えるところだが、なによりさっきも言ったように、魔王どもが活発になってきている……たとえばこの学園内にだって、現れないとは限らない。いまだないことだがな」

「……確かに」

「今までずっと、黒ちゃんは我々に助太刀するかたちで登場している。しかし、夢装少女《ファンタジスタ》であることに違いはない。私にとって、すべての夢装少女《ファンタジスタ》は守るべき対象。黒ちゃんも例外ではないのだよ。学園に迎え、理想のチームメイトと出会わせることができれば、彼女の危険も減らせるかもしれないと思っている」

戦う少女たちのサポートが最優先。

賀城さんが夢装理事になって、改善されることはきっと多いだろう。

「誰か、ラインのＩＤとか知らないものかね。そういえば、きみのも知らないな？」

「ラインやってません。というか、まるで見当もつかないんですか？　黄昏騎士の正体」

さっぱりだな、と賀城さんは椅子の背もたれをきしませた。よしよし。

「野良夢装少女《ファンタジスタ》、という時点でわけがわからん。夢装少女《ファンタジスタ》の能力自体、メジーナを含めた数人の神霊のうち、誰かの力を借りなければ発現しないはず。その出所からして謎だな」

「メジーナも知らない、ってことですか？」

「筆談で答えてくれたが、わからないらしい。だが、『足がくさそう』とは言っていた」

「足が」

「ああ。『おならもくさそう』『いびきうるさそう』『変態っぽい気配がする』とも言っていたな。なぜかは知らないが、メジーナには嫌われてるようだぞ黒ちゃん、あはははは」

「はははは」

ひとしきり笑い合ったあと、俺は窓辺に飛び去ろうとするメジーナを捕獲した。

「では、失礼します」

「頼んだぞ。きみは柏衣くんと立場的にも近しい。夢ケアのこと、悟られないようにな」

「そう言うなら、メジーナを連れる理由、もうちょっとまじめに……」

「頼んだぞ」

強引かつ丸投げ気質なところは、昔から変わらない。相手のできる範囲のことを見切って投げてくるあたり、要領がいいというかタチが悪いというか。

ある意味、俺を信用してくれてる、ってことではあるだろう。

裏切ってるみたいで、少しばかり心苦しいな。

失礼します、と会釈して理事室を出る。

ほんのわずかな距離を歩いて、俺はすぐに立ち止まった。

「……いきなりだが。何してくれてるんだ、メジーナ」

視界を遮って浮かんでいる彼女を、じっとにらみつける。

相変わらず神々しいたたずまいで、メジーナはぐいぐいと前髪にいたずらした。小さな両手で、遠慮会釈なく引っ張ってくる。痛いぞ地味に。

「協力して差し上げてますのよ。あたくしがミストといっしょにいる理由、作ったほうがよろしいんでしょ？」

「ああ」

「ミストをへんてこな髪型にして、それにあたくしが興味を示している、とすれば」

「俺はチョウチンアンコウか」

「それですわ」

あれは狩りのための灯《あか》りだったはずなので、躊躇《ちゅうちょ》なくメジーナの顔面を鷲摑《わしづか》みにする。

「誰の足がくさそうだと？　知らないところでいろいろ言ってくれてるようだな」

「いだだだだだだいだいいだい！」

「会話が成立している現場を見られてもダメなんだ、これからは基本スルーするからな。だが忘れるな、積み木は高く積んだほうが、崩れるときの勢いが増すということを」

「そんなたとえでまでイキらなくてもあだだだだだだ！」

つかつかと、俺は廊下を進んだ。

精霊の顔面を握り潰そうとしていること自体は、誰かに見られても構わない。……構わなくはないかもしれないが。

　声までは聞こえていない、という部分さえ貫ければ問題ないはずだ。

　まぁ、先ほどからそうであるように、実際にはしっかり聞こえているわけで。

「しかし、想定外だった。夢ケアなんていう発想があるとは。さすが賀城さんだ」

「好都合、と思っているのでは？」

　鷲掴みの刑から解放され、メジーナがむにむにと頬《ほお》をマッサージしながらささやく。

　肩口のあたりを漂うように飛ぶ彼女は、実際不可思議な存在だ。

　そろそろ二ヶ月の付き合いになるが、いかなる生物なのか杳《よう》として知れない。トンボに似た羽は、一応羽ばたくように動いてはいるものの、それで揚力を得ているわけではないだろう。極限まで薄めた絵の具のように揺らめくオーラの意味も、まるでわからない。

　まぁ、本人はミステリアスなつもりでいるらしいが、実際はただの『謎』だ。ニュアンスが違う。このサイズで人間以上にメシを食うようなやつをミステリアスとは言わない。

「組織立って黄昏騎士を調べている、とわかりましたし。なにより、ミズトが調べたことにして、まったく別の正体をでっちあげることだってできるじゃありませんか。というかやるんでしょう？　能面みたいな顔してえげつなく、『黄昏騎士の正体は山道にたたずむお地蔵さまでした』とか言っちゃうんでしょう？」

「メルヘンだな……。そこまではしないし、それは夢ケアじゃないだろう。こっちから、あのトリオに近づかないといけなくなった」

「それだって好都合じゃありませんか」

「どこがだ。接する機会が多くなれば、それだけばれる危険も増える……」

階段の手前で、俺は足を止めた。

宗教系でもないくせに、妙に小洒落《こじゃれ》たデザインの踊り場から、ステンドグラスに色づいた夕暮れの光が降り注いでいる。揺れる未来を暗示しているかのようだ。

あごを上げ、俺は呟いた。

「誰にも知られるわけにはいかない。この俺こそが、黄昏騎士だということを」

「くたばれイキリ小僧」

「おい今なんて言った。断じて土地神が口にすべきじゃないセリフじゃなかったか」

「いいえぇ別に？　ばれてはいけませんものね？」

「うむ……」

「ユーハたん大好き、ってことまでばれてしまいますものね？」

「ぐ」

小さくうめく俺のメガネに沿うように、メジーナがぱたぱたと周回した。

「ですわよね～？　ミストが黄昏騎士だってばれたら、そうなりますわよね～？」

「む……」

「絶対聞かれますもの、『えーっコサカくんって夢装少女《ファンタジスタ》だったのうっそマジで男じゃんキモーいダサーいエモーいなんで女の子になってんのねえなんでなんでなんでー』って、絶対聞かれますものね～？　そしたらばれちゃいますものね～？」

「エモいとは……」

「戦うユーハたんが心配で心配で、どうしても力になりたくて夢装少女《ファンタジスタ》になった」

「ぬう」

「いわば、愛！　の産物ですものね～？　それは周りに知られたくないですわ～」

その通り。

俺は柏衣優羽が好きだ。

夢装少女《ファンタジスタ》として不思議な力を得、襲い来る魔王と日々戦っている、彼女。幼なじみでもある優羽のことが、本当に心配でしかたがなかった。

戦ってほしくない。しかし、それはかなわない。

ならばせめて、力になることはできないか。できうる限り、直接的なかたちで。

「これ以上なくダイレクトに、優羽を助けることができている……とは思う」

「左様ですわね。あたくしもびっくりですわ」

「おまえの言う通り、ばれたらまずいことになるだろう。いろいろな意味でな。俺もそのくらいは想定している」

「そうですわよ〜。世間の目は冷たいですわよ〜。秘密を知るのはあたくしのみ。校内新聞にリークされたくなければ、今日の夕食は北海道一番のみそラーメンに——……」

俺の視線になにかを感じたのか、メジーナが口をつぐむ。

なるほど確かに、彼女はいわば、俺の弱みを握っていると言えるだろう。

「神殺しの邪法……俺が調べていないと思うなよ」

「……や……や、やーですわぁ。あたくしがミズトを裏切るなんて、そんなそんな」

「ラーメンくらいは食わせてやるが」

「わ〜いですわ！」

階段をのぼりはじめた俺に、メジーナが小首をかしげる。

「帰りませんの？　もうすぐ下校時刻ですわよ？」

「詳しいな。ちょっと気になることがある。生徒がいないほうが都合がいい」

「ラーメンは二人前食べますわ？」

「そうか。相変わらずキャラが行方不明だな」

「ギョーザがあってもよろしくってよ？」

「ニンニクくさい土地神か……」

少しおもしろいと思ってしまった。不覚だ。

✦　✦　✦

渡り廊下を南館に向かい、たどり着いたのは生徒会室だった。

普通の教室の半分ほどの広さ。手狭なものだ。

誰もいない室内は、春にもかかわらずどこかひんやりとしている。茜色《あかねいろ》の光が差しこむ雰囲気は、決して悪いものではないけれど。

「生徒会のお仕事ですの？」

「そんなもの、普段はほとんどない。ここもたまり場にされてるくらいだ」

「そういえば、ユーハたんたちもよく来てますわね」

「よくというか、今日も来ていたようだな……」

長机を二台並べただけの、簡素な事務用デスク。メジーナは首をかしげているが、菓子類の食べかすを処理し損ねているのがはっきり見て取れる。

掃除したのは佐々森九暮だろう。適当なものだ。

「持ち物検査の徹底を提言する必要があるな……」

「まあまあ、いいじゃありませんの。ちょっとの息抜きですわよ」

「ここでそれをする必要がないだろう」

「ユーハたんが持ってきたお菓子かもしれませんわよ？」

「ならしかたがない」

「ド直球のウルトラひいきですわね」

「そもそも優羽がここに来るのはともかく、佐々森とかはあまりいいことじゃないんだがな。至堂は見た目、申し訳なさそうに振る舞うからまだいいが」

「クグレたんはミストが嫌いみたいですものね」

「……知ってる」

窓を開け、景色をぐるりと見回した。

三階に位置する生徒会室からは、学園のグラウンドが一望できる。大して部活に熱心な学校でもない。背の高い木々の間から、運動部が片付けをしているのが見えた。

こちらからは見えるが、おそらく向こうからは木が邪魔だろう。悪くない。

「一気に屋上まで跳べれば……垂直に上がる必要があるな。まぁ、なんとかなるか」

「ミズト？　それはギョーザの羽根をパリパリに作ることと、何か関係がありますの？」

「あるか。いつのまにそんなこだわりまで持ったんだ」

「ごはん楽しみですわ」

「もうちょっと待ってろ。……あまり、理想的な環境じゃないけど。使うとしたら、やっぱりこの部屋だろうからな」

「使う……？　ここで変身するつもりですの？」

ああ、とうなずく。

変身。そのままの意味だ。

学園内で夢装少女《ファンタジスタ》になる場合、おそらく生徒会室《ここ》がいちばん都合がいい。

「賀城さんが言ってただろ。魔王が学園に現れないとも限らない、って」

「ええ。備えますの？　ミズトが？」

「当然だ。むしろうかつだった、今まで変身候補地点の想定を怠っていたとは」

「だって、ここはいわば夢装少女《ファンタジスタ》の総本山ですわよ。仮に魔王が現れたとしても、よってたかってボコボコにされるのではなくて？」

「おそらくそうなるだろう。だが、そうならないかもしれない」

備えあれば憂いなし。常に最悪を考えるべきだ。

それに生徒会室は、特殊教室の中では都合がいい種類の部屋に思える。

一般教室が下階に集中している南館の最上階、それも端に位置しているせいで、滅多《めった》に人が来ることはない。生徒会役員以外で言えば、さっき話に出た不届き者どもくらいだ。

俺が最も恐れることは、発覚。

その可能性がいちばん高いシチュエーションは、言うまでもなく変身の瞬間だろう。

「変わってみるか、一度……」

「今ですの？」

「危険はあるが、試していなければいざというときにもたついてしまうかもしれない。それが『致命的』になるレベルの魔王も……存在する。そうだったな？」

見た目の雰囲気に見合う重々しさで、メジーナがうなずいた。

「ユーハたんたちは、よくやってますわ。三人一組で対処する、さすがはトハルが考えたシステムです」

「ああ。昨日の魔王も、あのまま続けてれば倒せていただろうな。ただ……」

「誰かが傷つく可能性はありましたわ」

「そうだ。戦いなのだから当然ではあるが、避けるべく手を打たねばならない」

特に優羽がケガをしないために。

「そのために、最も重要になるのが……」

夕陽《ゆうひ》の温度を背中に感じつつ、俺は語気を強めた。

「下着だ！」

茜色の空気に沈黙が満ちる。

メジーナが何も言ってくれない。言葉が悪かっただろうか？

「女性用下着《ランジェリー》だ！」

「言い直してほしくて黙ったわけではなくってよ」

「そうなのか」

「まぁ、たぶん言うのではないかしら、とは思っていたけれど……それは本当に、毎度毎度、そこまで重要なことなんですの？」

「おまえは妙に世間ずれしてるくせに、人間のサガというものがわかっていないな」

夢装少女《ファンタジスタ》。

賀城十春やメジーナの立場からすれば、それは対魔王の唯一にして絶対の戦力。夢の力を武器に敵を滅ぼす、矛であり盾に違いない。

しかし、世間一般からはどう見られているか。

「見ろ、これを」

「あっ。スマホですわ、スマホですわ〜。ユーチューブを見ましょう？」

「なぜそんなことばかり知って……、いいから見ろ。ツイッターで呟かれてる、昨日の件のハッシュタグだ」

専門用語がどこまで通じるか、などという気を遣うのもバカバカしい。

果たして何の問題もなく画面を覗《のぞ》きこんだメジーナが、縦に流れる文字列を、首をこくこくさせながら追ってゆく——『ピンクの子くそかわ』『ユーハのファンになります』『たんをつけろよデコスケ野郎』『紫ちゃん顔見せてー。むしろ脱げ』『紫ぜったいかわいい、はっきりわかんだね』『どう考えても水色一択』『水色ちゃん、ど、どちゃ、どちゃ……』

あらあら、とメジーナが微笑ましげに笑った。

「ユーハたんたら、名前バレどころかたんバレまでしちゃってますわ、うふふ」

「見守ってる場合か。ついに集団下校まで実施されるようになったんだぞ、うちの学校」

「もうすぐ最後の送迎バスが出ますわね」

「男の俺には関係ないことだがな。そう、俺は男だから関係なくいられるんだ……おまえの見たがってるユーチューブを見せてやるよ」

動画の再生ボタンを押すと、怒号と破砕音が響いた。少し音量を下げる。

ビルの屋上、その一角に立つ黒い少女をカメラが捉えていた。

素人によるスマホ撮影なのだろう、手ぶれがひどく、ピントもずれている。しかしそれは明らかに、黒衣をまとい仮面を着けた謎の夢装少女《ファンタジスタ》を狙って撮られたものだった。

画面をスクロールしていくと、視聴者たちのコメントが現れる――『黒子きた！』『黒子キタ――――!!』『黒子おおおお』『黒子は絶対料理うまい』『勝ったな、風呂入ってくる』『カメラもっとビルの真下行けよ』『今日は黒子ビーム出るかな？　この程度の相手なら必要ないか』『黒子ーッ！　俺だーッ！　結婚してくれーッ！』

まあまあ、とメジーナが小さな手で拍手する。

「大人気じゃありませんか。さすがミズトですわあ」

「当然だ。俺だからな」

「ミズト？　あたくし今バカにしましたのよ？　ほら結婚ですって、結婚、ほらほら」

「夢装少女《ファンタジスタ》は等しく『女性』。女性になって戦うと決めたからには、俺は女性たるに全力を尽くす。できる限りをだ。世間に評価されるのは、無論よろこばしい」

「世間というか、もれなく男だと思いますけれど」

「その通り。しかるにこの場合、注目すべきコメントは、これだ」

俺が指さした一行を、メジーナが首をかしげて読み上げる。

「カメラ、もっとビルの、真下行けよ。……なるほど？」

「人間の世界にすれすぎたおまえには理解も可能だろう、この書き込みの意味が」

「まぁ、さほど気張って考えなくても、パンチラを狙ってますわよねえ……」

「嘆かわしいことだ。しかし反面、よろこばしいことでもある」

「は？……み、ミズト？　なにそれあなた、ま、まさか……HENTAI……!?」

「さてメジーナ、変身だ」

「へ？」

俺は額の奥を強く意識した。

別の言いかたをすれば、精神を集中したということになるだろう。

しかし、【変身】などという曖昧な現象に、ただただ集中することが得意な人間などそうはいない。少なくとも、俺にはそんな特殊な趣味はない。

男と女の脳、その物理的な差違が生じる脳梁《のうりよう》——右脳と左脳を頭の中心でつなぐ、神経の束をイメージする。

たとえばそれが、肥大するような。

実際に脳が変化することはない。だがもし、仮に、万が一、そうなったとしたら。

自分自身の存在感がふくらむような認識とともに、俺はつま先で床を蹴っていた。

ほんの軽く、小突くようにジャンプしただけなのに、異様に長い滞空時間を得る。同時に、学校指定制服が光の繊維となってほどけ、まばたきほどの間に再構成された。

背筋が自然と、張り詰めるように伸びる。

色を変じた光がまとわりつく俺の胸は、大きい。いや、胸などとは言うまい。

やわらかに張り出したDカップのバストが、形の良い存在感を示している。

引き締まったウエスト。男のときは大した腰つきでもなかったが、今ははっきりとくびれ、肉感的なカーブを下腹部へとつなげている。明らかに妊娠を意識した作りの臀部《でんぶ》をやはり光がくるみ、黒くはためく妙にひらひら要素の多いスカートアーマーとなった。

上半身も同様に、黒一色の衣装が包みこむ。

先ほどまでの男子制服とは、似ても似つかぬ艶姿《あですがた》。確かに戦闘的でありながら、どこかかわいらしく、無彩色の冷たさを感じさせない。

長手袋からするりと現れる白魚のごとき指先を伸ばし、俺はメガネ――の、つもりで、黒い仮面をくいっと押し上げた。

ド近眼をサポートする分厚いレンズが、その銀色のフレームごと跡形もなく変化した、独創的なデザインのペルソナ。顔の上半分を覆う黒薔薇は、俺の視界《それ》を完全に妨げない。

「いつもと寸分違《たが》わぬ変身」

やや高く変質し、丸みを帯びた声の調子を確かめつつ、俺は呟いた。

「相変わらずいい仕事だ。賀城さんや、夢装少女《ファンタジスタ》たちの会話から集めた情報によると、この変身の精度は契約した土地神の力量にもよるという。パーフェクトだ、メジーナ」

「おほめに与《あずか》り、感謝の極み」

ズパッと英国紳士的最敬礼を披露するメジーナに、だが、と混ぜっ返す。

「それはつまり、この謎の鎧《よろい》の下半身も変わらずスカート状、ということであり」

「ことであり」

「すなわちその下がこうなっている、ということだ」

ためらいなくスカートをめくる俺に、メジーナがわざとらしく両手で顔を覆う。

「あやーん、はしたないですわ～ミズト！」

「この男性用下着《トランクス》がちゃんと女性用下着《ランジェリー》に変化していたら、そのセリフにも正当性があったかもしれんがな」

「……だから、何度も言ってますでしょ？　下は変化しませんと」

それが問題なのだ、と俺は自らの縦縞《たてじま》トランクスを見下ろした。

「私のこの夢装少女状態《スタイル》……【黄昏《たそがれ》騎士】は、何の因果か知名度が急上昇している。ネットにはまとめサイトができ、ニュースでも日々報じられる。登場に合わせて、ツイッターでハッシュタグ付きツイートが飛び交うのにも、もう慣れてしまった」

「よいことなのでは？」

「バカを言うな。もしもローアングルから撮影されて、トランクスをはいている画像が拡散されでもしたらどうする？」

「くっそ爆笑しますわ」

「誰がリアクションを聞いたか。スカートの中を見られてしまえば、ＳＮＳの利用者によって様々な憶測がなされ、またたくまに真相にたどりつかれるだろう。『黄昏騎士は男なのではないか、夢装少女《ファンタジスタ》には男もなれるのではないか』というような……」

そこなんですわよねえ、とメジーナがこくこくと首をひねった。

「ミズト、あなた……どうして夢装少女《ファンタジスタ》になれますの？」

「こっちが聞きたい。というか実際、一〇〇回近くはおまえにした質問だと思うが」

「そうですわねえ。気色悪いくらい合理的なミズトに、寝ても覚めても聞かれたことではありますけれど……本当にわからないんですもの。まさかミズト、本当は男の娘《こ》？」

「妙な漢字に変えるな。断固として男だ、今こうしている瞬間もな」

「では、ユーハたんへの愛ゆえ？」

「優羽もネットで人気を博している。あいつの追っかけが全員夢装少女《ファンタジスタ》化したら、そこそこの地獄だ」

「前世が夢装少女《ファンタジスタ》だったとか？」

「夢装少女《ファンタジスタ》が……それとおまえがこの世に現れたのは、ほんの五年前だろう。前世も何もあるか」

「あたくしはいるにはいましたけどね。もっとずっと、ずぅ〜っと前から」

そうであるらしい。

魔王の侵攻とともに、メジーナたち神霊は人類の前に現れ、鳴扇学園の少女たちに戦う力を目覚めさせた。なぜ鳴扇が選ばれたのかはわからない。最初の魔王が現れた座標との兼ね合いがあるというが、俺は詳しく理解していない。

ともあれ、異世界から流れこんだ力が、一部の土地神に実体化の機会を与えた。

しかるに神というそのイメージ通り、実年齢は見た目より遥《はる》か上ということになる。

「自分で言うほど長く生きてるなら、下着の一枚を女物に変えるくらい、自然にこなしてくれてもいいんじゃないのか」

「ちょっと何言ってるかわかりませんわ」

「おまえ……」

「冗談ですわよ。本気で対策するつもりですのね？」

「ああ。最近、カメラ小僧の数が増えてきている。今までは、戦闘においても極力大きな動作はせず、アーマーのスカートを太ももに挟みこんでごまかしてきたが……。

「べらぼうに乙女ですわね」

「苦し紛れだ。時間に余裕があるときは、物陰でランジェリーにはきかえていた」

「これがほんとの勝負下着ですわぁだだだだだだだだ」

右手でほどよくメジーナの顔面を圧迫してから、俺はスカートを下ろした。

「時間があるときばかりとは限らないし、強力な魔王が相手であれば動きを気にしてもいられないだろう。抜本的な解決が必要だ」

「ぱっぽんって愉快な響きですわよね。ぱっぽん」

「というか、下着までは無理でも、鎧のデザインを変更できないのか？　ズボンタイプ、むしろもっと本格的なフルアーマーに変われば、下着など気にしなくてよくなる」

「ミストの【夢装戦質《クオリティ》】がそうなれば、自然と」

「……恣意的には？」

「無理ですわね」

ずいぶんあっさりだな。他人事《ひとごと》だと思って。

「夢装少女《ファンタジスタ》たちの、心の在り様……人間的ななにがしか。そういうふわふわした曖昧な観念が【夢装戦質《クオリティ》】で、それを土地神《おまえら》がおかしな出来心で適当な形にしたのが【夢装束《コスチューム》】だろう？　その時点でけっこう恣意的じゃないか、なんとかできないのか」

「今あたくしメチャメチャにこき下ろされませんでしたこと？　ケンカですの？　お？　やったりますですわよ？　お？」

「いいか、私は正体を知られたくない。魔王との戦いにおいて望むのは、ある意味それだけだ。それさえ保たれているならば、どんな敵とも、戦う」

「お黙りなさいこのイキリーヒルズ！『とも、』の『、』にイキリが漂ってますのよ！　だいたいあなた、女性たるに全力を尽くすんでしょう？」

「ああ」

「だったら何ですのその口調は。もっと女の子らしく、きゃぴっ★とおしゃべりなさいな。普段のミストとキャラ的なギャップを作る、それこそ有効なのではなくて？」

「何を言っている？」

「はい？　だから……」

「見ろ」

部屋の窓は、廊下側こそ磨《す》りガラスだが、南向きの校庭側は透明ガラスになっている。

映りこんだ己の姿を、俺は自らじっと見つめた。

流れる銀髪と、厳かな黒装。白磁の肌と、まったく異質なペルソナ。

「美しい……」

　自然、ため息がこぼれた。

「この凜々《りり》しさ。格調高さ。おかしな言いかたになってしまうが、こういった『強さ』はなかなか男にはない。私の内面的な高貴さが、そのままにじみ出た外見というか」

「くされイキリ」

「隠しきれない知性と実力。抑えようとしても不可能だ。きゃぴきゃぴ？　ぶりっこ？　そんなもの、この子には似合わない。無理してしゃべっても、逆に違和感だろう」

「くそイキリ」

「気高さを律するのは、律された言葉。どんな危機にも揺るがず、悖《もと》らず、絶対的な存在として君臨する……黄昏騎士に求められているのは、そんなイメージと想定している」

「くそ」

「というわけで、今の口調が黄昏騎士にとっての女性らしさだと思う」

　なるほど間違ってましたわ、とメジーナがあっさり認める。表情はしこたま険悪だが。

「イキリは、性別変わってもイキリ……演技を求めたあたくしがアホの極みでしたわ」

「いや、演技は今でもしているつもりだぞ？」

「はい？　どこがですの？」

「変身後、『俺』から『私』に変えているだろう」

「演技ナメんなですわ」

そう言われると返す言葉もないが、現状、黄昏騎士は他者の接近を許していない。

今の今までひとことも、公衆にこの声を聞かせたことはないはずだ。

オーバーな演技をしたところで、披露する相手も場面もない。下着問題と違って、危急の課題ではないように思う——それにやはり、黄昏騎士《わたし》は美しく在らねば。

「というか【夢装束《コスチューム》】は、いわば外皮なのですわ」

気分が落ち着いたのか単にあきれただけか、メジーナが淡々と解説する。

「いちばん外側だけ変化する。最初に変身するときも説明したでしょう？」

「外皮……そうだったか？　初体験のときは、さすがに緊張していたからな……」

「今あなた女の子なんですからね？　発言には重々お気を付けあそばせ。ともかく、一枚だけでも服を着た状態でなければ、【夢装束《コスチューム》】は現れませんわ」

「そうか。……なるほど、それを逆手にとれば。こういうことか」

俺は再び、脳の奥を意識した。

変身が解除され、元の男に戻る。黒騎士然としていた衣装も消え、鳴扇学園の地味なブレザーがかえってきた。

その青緑色のズボンを、俺はためらいなく脱ぎ捨てる。

両目をぱちくりさせるメジーナの前で、

「変身！」

集中しやすいよう発声した俺の体を、また白光が包みこんだ。

長剣を腰にはいた黄昏騎士となり、俺は下半身を確認する。よし、ちゃんとスカートアーマーを身に着けているな。

「見た目こそ変わらないが、このアーマーはトランクスが変化した物。だな？」

「ですわね」

「ならばこの下は」

「ノーパンですわね」

「だな。…………。ノーパン」

スカートを持ち上げてみる。なるほど、然《しか》り。

俺はバカか。

「ミズト……あたくし、ミズトを過小評価していたようですわ」

メジーナが小さなあごに手を当て、なにやら得心した顔でうなずく。

「トランクスさえ撮られなければ、男と勘づかれる要素はない。はきかえるのが難しいなら、いっそはかなきゃいいじゃない……なかなかできる判断ではありませんことよ」

「………………。そうだろう。すべて想定通りだ」

「目的意識のかたまりですわ。惚《ほ》れ直しますわ。おなか空きましたわ」

「さりげなく欲望を混ぜこむな。……しかし、今度はズボンが残ってしまうな」

メジーナのアホに乗せられるかたちになるが、確かに正体が露見するよりは、ノーパンを撮られたほうがマシだろう。

……いや、実際は、かなりきわどいところか。想像しただけで未体験の悪寒が。

それでも、『変身してからトランクスを脱いでランジェリーをはく』『ズボンを脱いでおいて変身してからランジェリーをはく』、時間効率がいいのは後者に思えた。

「ズボンを隠しておける場所で変身する必要があるか……」

「捨てればいいんじゃありませんこと？」

「バカ言うな、制服も高価《たか》いんだぞ」

「ミズトが正式な夢装少女《ファンタジスタ》なら、学校から予算が出ましたのにねえ」

「……しまった、そうか。くそっ」

だからと言って服を粗末にするつもりなどないが、不本意にくやしい。

「あるいは、必ず生徒会室《ここ》で着替えたらいかが？」

「それも状況次第だが……まぁなぜか、魔王の出現は日中が多いからな。なにかしら理由をつけて、下校時刻まで毎日居残るようにすれば――」

優羽といっしょにすごす時間も増えるかもしれない。……なんてな。

勝手な気恥ずかしさを感じて、俺は生徒会室に備え付けのロッカーを、必要以上に勢いよく開けた。

柏衣優羽と目が合った。

俺はロッカーを閉めた。

数秒、硬直。

……なにが居た？　なんか、居たな。

なんか……知ってるのが居た。

再び、いくぶんそっと、ロッカーを開ける。

「お……おはようです」

消え入りそうな声であいさつする優羽に、俺はもう一度ロッカーを閉めた。

おはようってなんだ。

いや、そうじゃない。そこじゃない。なぜいる……

マジでなぜいる⁉

メジーナを振り返るが、さすがに笑顔のない彼女はぶんぶんと首を横に振った。知らなかったのか。まぁそれはそうだろう、彼女は一応俺の協力者のはずだ。

あんな話をしていて、優羽の存在を教えない理由は、というか、だから、それは。

俺は自らを見下ろした。

どこからどう見ても黄昏騎士《たそがれ》。

黒い服。腰に剣。マントなんかも着けていやがる。髪は銀だし、顔には仮面。

言い逃れのしようも――、いや。

おはよう、と優羽は言ったな？

寝ていたということか。こんな狭い掃除用具ロッカーで？　今さらながらよくよく見れば、なるほどホウキやチリトリがすべて外に出されている。しかしだからといって……

優羽ならありうる。

ロッカーの常で、においがこもらないよう、換気用のスリットが入っている。起きていたなら、まず間違いなく外の光景を目にしているだろうが、うとうとしていたならば。

それに賭けるよりほかないか。

「……っんほん」

自分でもよくわからないタイミングで咳払《せきばら》いを挟み、俺は三度《みたび》ロッカーを開けた。

果たして柏衣優羽である。

ロッカーの中で気をつけし、焦っているような困っているような、それでいてかたくなに笑顔という絶妙な表情を保っている。普段は見下ろすほど小柄だが、ロッカーの中にいることと、俺の背が変身で縮んでいることで、なんともふしぎな位置に目があった。

それでもかわいい。

アンニュイな表情がどういうわけか似合う。

人は見た目じゃないだとか主張する、心のやさしい連中がいるらしいな。なるほど言っていればいい。俺は優羽の見た目も大好きだ。

「ね……」

ダメだ声震えた。

黄昏騎士となって、初めての会話。落ち着け。つとめて冷静に。

「眠って……いた、のですか？」

なぜ敬語。テンパった。もういいもうこれでいこう。

優羽も優羽でまごついているのか、こくこく何度もうなずいてくれているし。

というか、本当に寝ていたのか。こんな中で。だいぶアホだぞ。

いや今はそうではなく。

「そう、ですか……それは、お邪魔をしてしまいました」

どうやら、賭けには勝ったらしい。

優羽が驚いているのは、突然生徒会室に黄昏騎士がいたから。それより前のことは、目撃していない。そうに違いない。よし。

「私のことは、気にせずに。たまたま、その、迷いこんでしまっただけです。本当です」

「は、はあ……」

「いなかったことに、してください。……それでは」

「あっ、帰るんですか？　水人くん」

「帰るというか、ええ、一刻も早くここから……、かえ、え、ええ……？」

優羽は、こっちを見ていた。

俺の目を見ているのか、仮面を見ているのか、正確には定かでなかったが。とにかく、じっと見ていた。

俺は往生際が悪いほうだ。

最後まで、できうる限り打てる手を打ちたい。あがきたい。模試のタイムアップ寸前などにも、よくそんな気分になっている。

たとえどれほど絶望的な状況下であっても、それを貫けるつもりでいた。

しかし。

「えと、カギはあの、わたしがやっておきますから！」

「か……カギ……」

「はい、生徒会室の。いつも水人くんにおまかせしちゃってますし」

「へ、へぇー。マジメなのですね、みずとくん、という人は……」

「う？　何言ってますか？　水人くん！」

「あ、の……」

「水人くんっ？」

ごとん、とひざから床に崩れ落ちてしまった。

剣の鞘《さや》が派手な音を立てるのもかまわず、がっくりと脱力する。

「あう⁉　だ、大丈夫ですか⁉」

「だ……おま……だい、じょぶか、っておまえ……！」

「ひざすごい音しましたですよ⁉　ケガでもしたら、っあわわ、やっぱり血が――」

「そんなことはいい！　い、いったい、いったいいつから見てた……⁉」

「あ、えっと。スマホを見てるところから……動画の音が聞こえましたですので」

あれが原因かよ。なんということだ。というかじゃあぜんぶ見てるんじゃないか。

なのになんだ、その……その反応は。

困惑中のくせして妙に淡泊というか。いつもと違ういつも通りというか。俺のひざ小僧を本気で心配してはいるらしいあたり、ほんのり恐怖すら感じるぞ。

言いたいことがあるなら、はっきり言って——

いや待ってくれ怖い。

だってばれてしまった。

俺が、古坂水人が黄昏騎士だと、柏衣優羽に知られてしまった！

愚か者めこの俺のマジ愚か者め。なにが『常に最悪を考えるべきだ』だ。優羽が好きなら、彼女がロッカーで立ったまま寝ている可能性ぐらい思い当たれ！　無理だが。

うつろなまなざしを、仮面越しにメジーナへと向ける。

彼女は宙を漂うことすらやめ、窓辺でマネキンポーズをキメて物言わぬ置物を気取っていた。全身全霊の我関せずか。今夜一晩中物干し竿《ざお》に吊《つる》してやる。

やはは、と優羽が笑った。

「でもちょっと、びっくりしました」

ポケットから取り出したどうぶつ柄の絆創膏《ばんそうこう》を、俺のひざ小僧に貼りながら。

「まさか水人くんに……」

終わった。

「コスプレの趣味があったなんて」

「…………。……なんだって？」

「すごいクオリティですね！　服かっこいい〜。水人くんはそれ裏声なんです？　というかやっぱり、み、水人くんも、黄昏騎士さん好きなんですか……？」

コスプレ。これが。今の俺のこれが。黄昏騎士のコスプレに見えているのか。

なんてやつだ優羽。

かわいすぎる。都合がよすぎる。おそらく『古坂水人が黄昏騎士であるわけはない』という固定観念が強く、その事実以外で現状を説明できる可能性を勝手にさがしてくれたのだろう。ちょろすぎる――いやおい、変身シーンも見てるはずだろ！　どう考えても俺が中見、つまさか、メジーナも絡んだコスプレだと思ってるのか⁉

再びメジーナに目を向けた。アイコンタクト。彼女がこくりとうなずく。

それでいこう。

「え……と、だな。実は、そうなんだ――」

一種独特な校内チャイムが、俺の大うそをかき消した。

普段の音ではない。だがここ数年で聞かされ続け、すっかり耳に慣れた響きだ。

すでに放課後遅く。しかしこのチャイムには関係ない。流れる理由はただひとつ。

魔王出現。

「これは……っ」

優羽が、小刻みに振動するケータイを、ポケットから取り出した。

校則違反ではない。Ｂクラス以上の夢装少女《ファンタジスタ》には、むしろ所持が義務づけられている。

「そんな。昨日にも現れたばかりなのに……！」

届いたメールを確認し、優羽がキッと表情を改めた。

夢装少女《ファンタジスタ》の統括チームが、国と土地神の協力を得て構成した、魔王警戒網。賀城さんを含めた数人が二四時間体制で取り仕切り、非常事態にはあたかも地震速報のごとく夢装少女《ファンタジスタ》たちに連絡が飛ぶ。

一瞬、俺に目で物を言い、優羽はすぐに電話をかけた。

「──２Ａ０７、柏衣優羽です！　アルファ現場、コール！　……はいっ向かいます！」

ずいぶんと堂に入った報告。かっこよくすらある。

だが通話を切るあの顔は、やった噛《か》まずに言えました、とか考えてる顔だな。

「メジちゃん、お願いしますね！」

「行ってらっしゃいまし〜」

超ミニサイズのハンカチを振るメジーナの見送りを受け、優羽が駆けだしていった。

お願いというのは、俺のことだろう。うまく帰宅の流れにして、というようなニュアンスだろうか。

メジーナたち土地神は、夢装少女《ファンタジスタ》にとって『きっかけ』の存在だ。

戦う力を授けてくれたり、夢装少女《ファンタジスタ》としての知識をくれたり。いろいろ世話してくれるものの、戦闘につれていったりはしない。妙な耐久力を持ってはいるが戦えないし、先ほどの警戒網が確立してからは、そちらの役目に重きが置かれているからだ。

ただ、俺にとってのメジーナは、それだけじゃない。

「メジーナ。場所は？」

「行きますの……？　この流れで？」

「当然だ」

「ばれますわよ？」

「そうか？　むしろさっきのでばれなかったんだ、だいぶいけると思うがな」

「……確かに。ミズトオワタ！　と思いましたのに、アホみたいでしたわねユーハたん」

「みたいではない。アホだ」

だがそれがいい。

「場所はすぐ近くですわ。あの裏山の、ちょっと行った陸橋のあたり」

「わかった」

「バス停のとこのココ●チあるでしょう？　あれの角を右にギューン行きまして、左手に裏山を望みながらス●ローと吉《よし》●の間を抜けていく広い道のところですわ」

「おまえはこの街の何なんだ」

「土地神ですもの」

知ってはいるが、食い物チェーンで土地を説明できる神を、どう敬ったものやら。

結果的に態度で示すことができず、顔面を握ったりに落ち着くわけだが。

「では、俺も……、私も行く」

「あ、そのハンパな演技もねばりますのね。よろしくユーハたんを手助けし、迅速に、迅速に魔王を討伐なさいませ」

「ああ」

「おなかぺこですので」

「まだ言うか」

生徒会室の窓を開け、俺はまっすぐ真上へ飛び出した。

◆　◆　◆

魔王の出現は、鳴扇学園のある学区内に極めて高く集中している。

メジーナいわく、「夢装少女《ファンタジスタ》がそこにいるから」ということらしい。

魔王どもは夢を狙ってくる。魔王の眼《め》から見れば、人の夢には違いがあり、それを強さで認識しているという。なるべく強い夢を求めて、やつらは人間を襲ってくる。

強さの基準が何なのか、それはメジーナにもわかっていない。

確かなのは、夢の「内容」は強さに関係がないこと。しかし、魔王たちが夢を吸収したとき、その姿形や能力は吸収した「内容」の影響を受ける。

今日の魔王もまた、そんなアホの一人。

『我は！　山岳の王！』

陸橋の上にいる巨人が、節くれ立った両腕を振り回す。

上半身だけで五メートルはあるだろうか。なぜ魔王はこう、いちいちばかでかいんだ。

『天を衝《つ》く頂のごとく、貴様らを引き裂いてくれよう！　我は魔王！　大いなる存在《もの》！　称《たた》えられし存在！「夢」などほしいままにしてくれるぞ。ほしいままにな……だが！』

確かにこの世のものではない、禍々《まがまが》しいほど吊《つ》り上がった両目をカッと見開いて——魔王は、ズシンと両腕で体を支えた。

橋の上だから、足がないとバランスが悪いんだろうな。

魔王の下半身は、二枚貝になっていた。

『この「貝《カイ》になりたい」なる夢はいかんッ！　いかんぞ！　なんというかもう……見たらわかるであろう！　これはいかあああん！』

「そこから下りてくださあい！　みんな通れなくて、迷惑してます！」

陸橋のふもとから、柏衣優羽が叫んだ。

彼女の言葉通り、背後の道路で数台の乗用車が方向転換を行っている。すでに交通規制もかけられているはずだが、よほどのろのろ走っていたんだろうか？

誰もが魔王に慣れきってしまっている。

本来、あんなサイズの生物が陸で動いているだけでも、じゅうぶん危険なはずなのに。

「だいたい、夢を奪っちゃいけないんです！　貝でもなんでもいけないんです！」

『やかましいぞ小娘！　だいたいカイとはなんだ!?』

「そ、そんなことも知らないなら、なおのこと奪《と》らないでくださいっ！」

まったくだ。

これまたメジーナいわく、異世界からこの世界のことは調べようがないからだという。

やってくる魔王にもいろいろな異世界のやつがいて、中には比較的現世に近い世界も存在するらしいが、それでも相通じない事柄のほうが多いのだと。

にしても貝くらい知っておけ。あるいは、陸ばかりの異世界なんだろうかな。

「おとなしく異世界に帰ってください！　その夢も、元の持ち主に……えと……返したほうがいいのかどうかちょっとわからないですけど！」

『返すだと⁉　この夢のパワーはかなりのものなのだ、代わりを手に入れるまで吸収を解くわけにはいかん！　だが小娘、貴様の夢をよこすなら、考えてやってもいいぞ！』

「うう……そんな強い思いで、貝に……。っとにかく、返す気ないんですね⁉」

『くどい！』

「……だったら！」

制服姿の優羽が、白い光に包まれた。

たちまち衣服が分解され、またたくまに再構成される——時間にしておそらく、二秒もないだろう。しかしその瞬間を、俺は食い入るように見つめた。

繭のような光の中に浮き上がる、優羽のシルエット。あらわな身体のライン。

まさしくスケベ心だが？　問題でも？　優羽の胸はとても大きいが？

道路の手前、スシ●ーの入っているビルの陰で、フラッシュの光がまたたいた。SNS中毒者どもめ、また警察の指示に従わず入りこんでいるのか。まあ好きに撮るがいい。優羽を最も近くで見守れるのは、この俺なんだからな。たぶん。

「だったらわたしたちが、夢ごと送り返してあげます！」

白地に桃色、かわいらしくも厳かな聖職衣。

見るからに防御に優れそうな衣装で、優羽が杖《つえ》を振りかざした。

「貝さんのまま、異世界に帰ってください！　夢の本当の持ち主さんごめんなさい！　でもきっと、きっと立派なホタテになれると思います！」

『がははは、なんだぁ小娘！　それが貴様の夢の力か！　なるほど魔力は大したもの、だが我《が》を通す類いの力ではあるまい。我が吸収して、この軀《からだ》をいっそう硬くするべく役立ててやろう！』

「わたしたちって、言ったでしょう」

『む……？』

「壁よ！」

高く振り上げた杖の先端を、優羽は鋭く地面に向ける。

「〈白亜の城壁〉ッ！」

魔王を陸橋ごと押し包むように、赤みがかった光の壁が現れた。

橋からおりるつもりがないなら、いっそ決しておろさないという構えか。

「魔王さんの言う通り、わたしに攻撃能力はほとんどありません」

でも、と優羽が杖を握り直す。

「鳴扇の夢装少女《ファンタジスタ》は、三位一体！　三人そろうまでは足止めしかしません。時間稼ぎならわたし、とっても得意です！」

『自慢するようなことか⁉』

「自慢しますです！　九暮ちゃーんデコちゃーん、早く来てくださーい！」

『でぇいおのれぃ！』

魔王の拳が光の壁を打つ。

爆発音かと思うほどの轟音《ごうおん》が響き渡るが、光は揺らぎもしなかった。何度も何度も叩《たた》きつけられる拳を、当たり前のように受け止めている。

しかし――〈城壁〉か。

勘のいい者なら外見でピンとくるだろうが、優羽は防御・回復に特化した夢装少女《ファンタジスタ》だ。

魔王の攻撃から仲間を守り、アタッカーを前進させる役目に向いている。現場に自分しか到着していない――まぁ俺もいるんだが――今は無理をせず、扱える技の中で最も強度に優れる防壁を展開する流れも、まったく悪くない。

ただ、〈白亜の城壁〉には弱点がある。

「デコちゃんのパンチは痛いんですよ！　九暮ちゃんの鎌はもっと痛いんですよ！　当たれば。あの二人が来る前に、自分で異世界に戻ることをオススメします！」

『……ふん。ふふ、ふはははははは！』

「な、なにがおかしいですか⁉」

！　優羽、違う。ダメだ。

聞き返してる場合じゃない。

そんなわざわざ意味深に高笑いしてくれるようなやつ、『私はこの状況をなんとかできます』って言ってくれてるようなものじゃないか。つまり弱点を衝《つ》かれるってことだ。

早く対策しろ――

『いい魔力壁だ！　我は気に入ったぞ！』

「魔力とか言わないでください！　ただでさえ危うい世界観がこんがらがります」

『よいではないか。どうせすぐ、我の力となるのだからなあッ！』

貝が爆《は》ぜた。

いや、爆裂したかと思うほどの勢いで巨大な貝殻を開き、地面を打ちつけたのだ。

魔王が高々と飛び上がり、壁では囲めない大きな隙間、上空から包囲を脱出する。

呆気《あっけ》にとられる優羽の前に、どう考えても巨体に見合わないやわらかな音を立て、魔王が着地した。大きく裂けた口元が、にいと笑みのかたちにゆがむ。

『夢をもらうぞ、小娘ぇ！』

「くっ……！」

前掛かりになった魔王が、猛然と拳の連撃を浴びせた。

優羽が杖を突き出す。力が収束して盾となり、目にもとまらぬ猛打を受け止めるが――盾ごと押され、体勢を崩した。魔王の物理影響力は、極めて小さいはずなのに。

やむなしか。

俺は地を蹴った。手近な木をジャンプ台に使い、高々と空へ跳び上がる。

今までずっと、裏山の森から観察していたのだ。誓って、優羽の苦戦を待っていたわけではない。いつもこのスタンスでやってきた。俺の出番がないに越したことはない。

出ていかずにすむならば、正体も決してばれないのだから。

だがもうダメだ。優羽が傷つくことだけは、絶対に看過できない。

傷つくことだけは――

『がははは！　隙ありぃ！』

「きゃっ!?」

ただならぬ悲鳴。宙にゆるやかな弧を描きながら、逆立ちする感覚で見下ろす。

二枚貝が口を開け、強烈な水流を優羽に噴きかけていた。

不意をつかれたのだろう、まともに食らっている。ふわふわにひらついた聖職衣装《ホーリークロス》が、たちまちぐっしょりと濡《ぬ》れそぼった。

俺は再び、目を見張る——違う、今度はスケベ心じゃあない。これは魔王の攻撃だ。

優羽にもしものことがあったら。

「冷たいです！　やーです！　冷たいです！」

なんだ。平気そうじゃないか。

ならもっと胸を見ておけばよかった。服が張りついて、形がくっきりしているのに。

さすがにもう、そんなタイミングではないが。

「いくぞ」

俺は空中で、剣の柄に右手をかけた。

「〈絶華千燕《ぜっかせんえん》〉」

抜き打ちに放った剣線が光を巻きこみ、刃と化して空を裂く。

飛燕《ひえん》のごとく奔《はし》ったそれは魔王の背中に着弾し、重い音と光の粒子をまき散らした。精神体を切り裂いて、存在の根底を支えるエネルギーの一部を破砕――

要は、けっこう効いてる。

銃火器では、相当がんばらないと足止めもできない相手に有効な、夢装少女《ファンタジスタ》の攻撃だ。

『な……何者だ⁉』

「こっちのセリフだ」

答えるではなく口の中で呟き、俺は陸橋の高く突き出た支柱に着地した。

夢装少女化《ファンタジスタ》すると、身体能力がずば抜けて向上する。

三度《みたび》のメジーナいわく、正確には運動能力が上昇しているわけではなく、肉体の半分が精神支配の及ぶ範囲に置き換えられるそうだ。

パワーやスピードのみならず、知覚的な部分というか、たとえば空間把握能力などは飛躍的に良くなっているのを体感できている。弾丸のごとく森から飛び出すのみならず、五〇センチ四方程度の足場にぴったり着地するような芸当も可能だ。

いわば、魔王の巨大さも、同じ法則が当てはまる。

先日のクモ魔王に取り付かれたビルが倒壊しなかったのも、あの巨体の半分以上が精神体構造という謎の生物観念で作られているから、物理への影響が少ないということだ。

つまりこの巨人も、だいぶ見かけ倒し。一分でカタをつけてやる。

『貴様……その黒き出で立《い》ち』

「む」

『さては！　我が盟友、峡谷の王の野望をくじいたという黄昏《たそがれ》騎士！　貴様か！』

「なっ……」

なぜ魔王がその名を知っている⁉

夢装少女《ファンタジスタ》の誰かが口走っているのを聞いて、異世界でうわさにしたとでもいうのか。やめろ。不本意にもほどがある。峡谷の王だかいうのにも聞き覚えはない。まぁおそらく、過去に倒した魔王のどれかだとは思うが、どうでもいい。

俺は優羽を守りたいだけなんだ。

『夢を力にする者の中でも、特に優れていると聞く！　女ぁ、降りてこい！』

「黙れ……」

『どうした！　怖《お》じたか！　来《こ》んのならこっちからゆくぞ！』

「貴様らさえやって来なければ」

女の身体になど、なる必要もなかった！

「くらえたっぷりと」

『ぐあっ⁉　ぐおおおお！』

伸ばしたひざでバランスを保って、8の字を切るように剣を振るう。

連続で着弾する〈絶華千燕〉が、おもしろいように魔王を翻弄した。こちらに向かって跳ぼうとしていたようだが、そんな隙など与えるものか。

誰が好きでこんな格好など。

黄昏騎士だとか、中二病大全開な通り名も、誰が言い出したか知らないが迷惑千万。

男として、優羽を守りたい。しかし魔王は、夢装少女《ファンタジスタ》にしか倒せない。

だからなろうと思ったんだ！

決して、魔王に通り名を覚えさせるためでもなければ、ビルから駆けだしてきてまで俺にカメラを向けている、謎の一般市民どもにパンチラを提供するためでもな――……

…………

……パンチラ？

『ぐッ……⁉』

魔王を攻撃する手まで止め、俺は静かに視線を下げた。

真下を――はるか足下《そっか》の先、普通の人間なら落ちたら致命傷という高さを気にしているわけではない。もっと手前。手前というか、手元。

つい、剣を持つ手で押さえてしまっている、スカートアーマー。

「しま、った……」

ノーパンのままだ。

ズボンを脱いで変身し、股下ノーガードなことを忘れていた！

まずい。優羽がロッカーにいたせいだ。まずい。正体がばれたと思いこんでしまって。

まずいまずい。それで魔王が来たからそのまま。まずいまずいまずいまずい。

想定外だ。

カメラが俺を狙っている。撮りたいのは、明らかにスカートの中。

魔王を挟んでいるから距離的には遠いが、なにしろこちらの立つ位置が高い。普段の感覚で——つまり、優羽に近づきすぎて正体がばれるのを恐れて——なるべく優羽から離れた場所で助太刀しようとしたことが、思いきり裏目に出た。

派手に動きすぎたら、スカートが舞う。撮られる。

トランクスもまぁはいてないからして、男と勘づかれる心配こそないとはいえ、いくらなんでもやばい。まずは倫理的に。そしてなにより、己のプライド的に。

本物を見られたほうがまだマシだ！

「かくなる上は……」

『なにがかくなったのだ……!?』

チッ、耳のいい魔王だな。お前は黙ってやられればいいんだ。

俺は意識を集中した。己の頭の奥の奥と、まっすぐ右方へと伸ばした剣に。

「〈絶光咆珠《ぜつこうほうじゅ》〉」

刀身にまとわりついていた薄く揺らめくような光が、急激に強さを増した。

陽炎《かげろう》のごとく立ちのぼり、剣の真上に大きなエネルギーボールを作りだしてゆく。

夢装少女《ファンタジスタ》は、自ら武器や装具を選ぶことができない。

自分の【夢装戦質《クオリティ》】に最も適した物が、おのずと形として現れる。夢に対する深層心理の表れという説があるらしいが、闘争や競争に縁もゆかりもない夢を持つ夢装少女《ファンタジスタ》の武器が爆弾だったりした例もあるので、正確なところはわかっていない。

ただ俺としては、剣は嫌だった。今でも嫌だ。

最初にこの剣——メジーナは「自分で名前をつけろ」と執拗《しつよう》に要求してくるが、断り続けている——を手にした瞬間こそ、男の子の常として興奮したものだが。すぐに困ってしまった。剣は近接武器だ。

優羽を守るために戦うには、必然、優羽の近くに立たなければならない。

できれば弓や銃が良かったが、変われと念じてみても一向に効果がなかった。思い出すな、まごまごしているうちに魔王が来てしまって、慌てて優羽を助けに行ったとき……

テンパりまくって、うっかり剣を投げつけようとしたら、めっちゃビーム出た。

いきなり見知らぬ夢装少女《ファンタジスタ》に助けられた優羽も驚いていたが、俺のほうが圧倒的にびっくりしていた。なせばなるものだ、飛び道具。

「そしてさらに改良を加えた攻撃が、これだ」

『ええい、ぶつぶつとうっとうしい！　我はそういうのが大嫌いであるわ！』

やかましい。王級魔王《やられキャラ》ごときが個性を出すな、お前の好き嫌いになど興味はない。

それにもう、準備は完了した。

光が渦を巻いて形作られた真球は、ところどころにマーブル状の闇を宿し、一抱えほどの大きさにまで成長している。

この闇は、いわば膜。容《い》れ物だ。中の光こそ攻撃のエネルギー。

力の奔流を抑えこんでいる膜に、魔王へ向けた切れ目を入れてやればどうなるか。

「どこぞの世界まで消し飛ぶがいい――」

『くらえええーっはっはっはっはっはあっ！』

「おぶッ」

衝《つ》き上げるような水流を食らい、俺は大きくのけぞった。

これは魔王の。しまった。気分を出しすぎた。「イキリですわ！」

いつものように、ビシッと優羽を助けられればベストだったが——まあ、いい。

『愚か者めが！　命拾いしたな、我は大地の魔王ゆえ、それはただの水だ！　命だけは助けてやろう、だがかわりに夢をいただくぞ！』

「……それが、まあいい理由のひとつだ」

『あ？』

バランスを崩し、真っ逆さまに落下しながら、俺は小さく笑った。

水遊びに攻撃力がないことはわかっている。

落とされるかもしれないと思ったが、逆さまに落ちればスカートはめくれない。用意に手間のかかる、派手な必殺技を堂々と披露したのも、魔王の注意を引くため。

柏衣優羽は、ちょっとだけアホの子だ。

だがこの隙を見逃すことはしない。

「〈白亜の牢獄《ろうごく》〉ッ！」

杖《つえ》の一振りとともに、光の檻《おり》が現れた。

俺の着地際に飛びかかろうとしていたのだろう貝が、動きを封じられてつんのめる。

吠《ほ》えた魔王が拳を振るうが、格子状に組み合った光はびくともしない——仲間の支援を得意とする優羽にも、攻め手の技がないわけではないのだ。

彼女は城。

そして俺は、矛。

地上近くで宙返りし、俺は足から着地した。

蛇行しながらあとをついてきていた光球、その揺らめく闇の膜を剣先で弾き斬る。

「っは」

ゴゥオッ
と大気を震わせて、光の大波が魔王を呑《の》みこんだ。

消し飛ばし、なお勢いは止まらず、スシ●ーのビルに当たってようやく散り消える。

予備動作こそ長くて大きいが、発動できれば圧倒的というのはうそじゃない。ネットでは『黒子ビーム』とか呼ばれているらしい。つくづく誰が言い出すんだ、そういうのは。

ともあれ、貝の魔王は異世界に押し返せたようだ。

「立派なホタテになれよ……」

「だ、大丈夫ですかあーっ!?」

とてとてと、優羽が駆け寄ってくる——ってしまった。

結局接近されてしまった。今日は何回しまるんだ俺は。

「こ、来ないでください！」

剣を納めた手をそのまま前へ突き出し、俺は数歩後ずさる。

「私は、ゆう……、あなたたちの、仲間ではありません！　馴《な》れ合うつもりも、ありませんから。近づかないで……」

「ケガはないですか⁉　わあずぶ濡《ぬ》れです、水人くん！」

「聞いてますか？　ずぶ濡れは、そっちも——……。え」

「早く着替えないと、風邪ひいちゃいます！　脱ぐ⁉　脱ぐです⁉」

脱ぐわけがない。ただでさえノーパンだというのに。いやそうじゃなくて。

水人くん？

……なぜだ？

俺は黄昏《たそがれ》騎士として、いわばコスプレじゃない本物としてここへ来て、いつも通りに優羽を助けただけだ。優羽の仲間二人が遅かったこともあって、多少余分に手は貸したが、すべて計算ずくの演出にできたはず。

これは。

ばれ……いや。優羽の、うっかりが出てるのか？

その可能性もある。そうに違いない。まったくおっちょこちょいめ。だがそこがいい。

「私は、水人くんとやらじゃありません！」

大きく胸を張り、俺はきっぱりと否定した。

びしょ濡れの谷間を、ぴちぴちの肌に弾かれた水滴がしたたり落ちてゆく。どうだこのなまめかしさ。Dカップであるぞ、自分で計測したとも。

こんな女が古坂水人のはずはない。

「私は謎の夢装少女《ファンタジスタ》、世には黄昏騎士と呼ばれている者。それ以上でも以下でもありません。では、さらば――」

「待って水人くん、タオル！　ほらタオルありますよタオル、ふいてふいて！」

「聞いて？　さっきから聞いてください？　どこから出しましたかそのタオル。いやどうでもいい聞いて、私は水人じゃないです」

「わたしもびしょびしょです水人くん！」

「わかってますそんなこと。水人ちがう」

「とにかく服を――水人くんおっぱい大きいです！」

「おまえのほうが大き……っいや、その。……え？　ど……どうして？」

我ながら曖昧すぎる問いかけ。もはやどうしようもなく、なけなしの演技もどこかへ飛んでしまったが。

なぜだかそれにだけ、優羽は反応した。

あくまでもタオルを押しつけてきながら、そっと俺のひざを指さす。

ひざ。……生徒会室の、床でできた傷。

むやみにかわいいどうぶつ柄の、絆創膏《ばんそうこう》が貼られている。

これか。こんな物で――あんな愉快な勘違いをしていた人間が、古坂水人コスプレ趣味説を翻したというのか。勘違いに真実味《しんじつみ》を持たせるために、これからコスプレを研究し、場合によっては本当の趣味にしてごまかそうとすら考えていたのに。

柏衣優羽は、ちょっとだけアホの子だ。

しかし、隙を逃すような女ではない。

「……嫌い……か？」

押し出そうとした声は、まるで前歯に引っかかったかのように、濡れた地面に落ちた。

現実を受け止めることができない。

戦いの直後ということもあるだろうが、俺にとっては急展開すぎる。結局、ばれてしまったか――このままなにもかも、知られてしまうのか。

なにより。

「変、だよな……嫌だよな。こんな格好した、男なんて」

おまけに今はノーパンだ。

「でも、でもな、違うんだ。話を聞いて——」

「えいっ。えいっ。擦り傷さん、えいっ」

「くれないよな。くれないんだ、優羽は。こういうとき」

ひざの水気をぽんぽんとハンカチで叩《たた》いて拭き取り、新しい絆創膏に貼り替えてくれている優羽を、やれやれと見下ろす。

いつでも一所懸命な彼女は、見ているだけでも守りたくなる。

しかし、そのために嫌われてしまうことは。……俺は。

「お礼を言いたかったんです！」

「……え？」

「ずっと！　初めて助けてもらったときから！」

立ち上がった優羽は、いつも俺を見上げている距離で、にっこりと笑った。

「いつも、バーッて現れて、ダーッて魔王さん倒して、パッていなくなっちゃうから！　何度も何度も助けてくれて、ありがとうございました！」

「そ、れは……黄昏騎士に？」

「はい！　わたし、とろくさいから、ずっとお礼を言いそびれてて。ごめんなさい。ありがとう、水人くん！」

「おまえ……。嫌じゃないのか？　俺が黄昏騎士で」

「う？　なにがですか？」

わかっているのか、いないのか。

ともかくこれが、柏衣優羽なのだ。

俺が勝手に嫌われようったって、そんな傲慢は通らないということか。逆もまた然《しか》り。

なんてままならない女だ。だがそこがいい。

「ふふ……」

「水人くん？」

「……ああ。水人くんだとも」

どういう理由でかはわからないが、再び優羽が笑う。

大いに救われながら、俺も笑った。

さて――ここからどう、説明《ごまか》したものだろうか！

✦　✦　✦

いったん学校まで戻り、元の服装に立ち返ってほっと一息つく。

再構成する過程で水気や汚れなどは落とされ、通常の学生服に戻ってくれることはわかっていた。だが街中でそれをすると、トランクス一丁の完全変態と化す。ズボンを置いてきた生徒会室までは濡れたまま帰るよりほかなく、本当に風邪をひくところだった。

同じく学校まで戻ってきてくれた優羽と、すでに闇色も濃い空の下を歩く。

こんな時間だ。家の近くまでは、送っていくのが役得《つとめ》というものだろう。

「なるほどです——……！」

隣を進む優羽が、神妙な表情でうなずいた。

このリアクションは何度目だろう。通常、何も話すことがないときのセリフ回しと言わざるを得ないが、彼女の場合は毎度毎度真剣そのものだ。こっちが申し訳なくなる。

「つまり、水人くんは！」

「うむ」

「男の子なのに！」

「なのに」

「夢装少女《ファンタジスタ》になれるんですね！」

「もう少し小さな声でな」

「あっ……ご、ごめんなさい。そのこと、隠してるんでしたねっ」

「そうだ」

　わかりましたっ、とまた何度もうなずいてくれる。

　鳴扇学園の誰に聞いても、「柏衣優羽は素直な子」と言うだろう。しかしきっと、今の俺ほどそれを噛みしめた人間は、そう多くないはずだ。

「誰にも言いません！　約束します。……ふ、二人だけの、秘密ですねっ」

「ああ」

「あ。えと、あと、メジちゃんと」

「ああ。どうでもいいがな」

「そんな、あはは」

　水先案内人のように、メジーナが俺たちの前方をひよひよ飛んでいる。

　すでに遅い時刻とはいえ、なるべく人通りの多い道を選んでいる。行き交う人々が物珍しそうな視線を向けてゆくが、メジーナに気にした様子はまったくない。くるくる回転したり、止まったり、謎のダンスを踊ったり、やりたい放題だ。どことなくうらやましい。

　本当に正体がばれてしまったことを、メジーナにはすでに伝えた。

　意外にも、小バカにされることはなかった。

　あきれたような顔で「告《コク》りますの？」と聞かれただけだ。世にすれるにもほどがある。

だが確かに、俺の優羽への気持ちが芋づる式にだだ漏れになる可能性はあった。

なぜ俺が、黄昏騎士となってまで、優羽を手助けしようとするのか。

この質問、いつ、飛んでくる——それを、どうかわす。

「メジちゃん、そんな飛びかたしてると、パンツ見えちゃいますよ？」

話題変えやがったぞこの優羽。天然《てんねん》
「大丈夫ですわー。ちゃんと見えない角度を計算して飛んでますもの」

「えー、すごいです！　わたしなんていっつも心配で、見えちゃってないかなぁって」

「ユーハたんは確かに、ちょいちょいチラリズムなさっちゃってますわね。あんなゴッツくて重たい服なのに……」

「えっ、や、やっぱり!?　わーー！　恥ずかしー！」

それは本当か。あとで詳しく聞くぞメジーナ。動画あるかな。

ではなくて。

「優羽……あのだな。ええと……」

「はいです」

「いや。あー……なんというか」

やめろ。何をしゃべろうと——何をしゃべらせようとしてるんだ、俺は。

優羽がいつもの天然ボケで、状況をあるがまま受け入れようとしてくれている。

それならそれでいいじゃないか。まことにもって都合がいい。詐欺師にカモられまくりそうな優羽の将来が心配だが、そこは、なんだ、俺がしっかりする想定というか。ずっと守っていく想定というか。守れる立場にいる想定というか。

「そう、なんでおまえ、掃除ロッカーで寝てたんだ」

「あっ、今朝の占いで、ラッキーアイテムが掃除ロッカーだったんです！　意味がわかんなくて九暮ちゃんに聞いたら、中に入れってことじゃないかって！　それであのその、みんなが帰ったあとそのあの」

入ったら眠くなってしまったと。

こんな質問をしたかったわけじゃないが、まったく和ませてくれることだ。

「でもユーハたん、よかったですわねえ」

ひよひよ飛びながら、メジーナが振り返る。

その、極めてろくでもないことを考えているに違いない薄ら笑いに、俺はぞっとした。

「ミストはずっと、ユーハたんを守ってくれてたってことですものね」

「うん！　水人くんはやっぱりすごいです」

「前の魔王のときも、前の前の魔王のときも、あら？　前の前の前もでしたかしら？　なんだかいつも黄昏騎士《たそがれ》が出しゃばってきてた気がしますわねえ。なぜかしら？」

黙れ。

「義務かしら？」

誘導するな。

「胸の裡《うち》から溢《あふ》れる思いを抑えきれないせいかしら？」

もういいくびり殺す。

「水人くんがいちばんだからですよ！」

「ひょ？」

「水人くんは昔から、なんでもいちばんでしたから！　まさか夢装少女《ファンタジスタ》まで、女の子がやるより上手にできるとは思いませんでしたけど……でも、水人くんですから！」

優羽は大きな胸をいっぱいにそらした。妙な自信がたっぷりこもっている。

メジーナを両手で捕まえたまま、俺は思わず目を伏せた。

優羽の記憶は——正しくない。

俺は確かにいろいろやってきた。文武両道の質実剛健をめざした。しかし、ぜんぶがいちばんだったわけじゃない。努力はしたが、トップ集団に入ってない分野のほうが多い。

なぜならすべて、優羽よりよくできたいというのが動機だからだ。

好きな人に関わるすべを、俺はそれしか知らない。……そして、

「わたしがもっとちゃんとできてれば、水人くんを巻きこむこともなかったのに……」

優羽がこういうふうに考える、ということも知っている。

俺が黄昏騎士として戦闘に手出ししていたのは、優羽がちゃんと戦えていないのを見るに見かねてのことなのだ、と。

違うんだ。

俺が勝手にやっているだけだ。優羽に傷ついてほしくなくて、俺がただ安心したくて、手を出しているだけだ。好意の押しつけなんだ。

優羽はしっかりやれている。

今日だってきっと、俺が助ける必要はなかった。優羽はずぶ濡《ぬ》れになりながらも魔王の攻撃をしのいだだろうし、少しすれば仲間たちが駆けつけてきたことだろう。

本当なんだ。本当にそうなんだ。

けれど、それを強く訴えれば訴えるほど――「じゃあなぜ手出しを？」という質問を、優羽に強要することになってしまう。墓穴をショベルカーでドカンと掘ってしまう。

だからと言ってこのまま、優羽にいわれのない自責を抱かせていていいのか⁉

「ミズトミズト両手に力が徐々に力がだんだん締まってきてますわ締まってるっていうか

潰れてるっていうかあがごげぐごごほげほがあ」

握りこんだ両手からメジーナの顔だけが飛び出し、そういう人形のようになってしまっているが、どうでもいい。

「あっ、ここでいいですよ！　送ってくれてありがとうです、水人くん！」

優羽にとってもどうでもいいのか。あわれメジーナ。

路地の前でぺこりと頭を下げる優羽に、俺は小さくうなずいた。

本当は家の前までいっしょに行きたいところだが、それこそいらぬ誤解を招くというものだろう。誤解ではないがな。

「絆創膏《ばんそうこう》、ありがとうな」

「いえいえ、なんのなんの！　あ、そうだ水人くん！」

「なんだ？」

「正体がばれそーになったら、わたしが協力しますね！　うまくごまかしちゃいます！」

「それは助かる。……いいのか？」

「えっ？」

「あ、いや。……黄昏騎士は、おまえたちの邪魔をしてしまってたのでは、と思って」

結局、自分勝手な不安から、ぽつりとこぼしてしまった言葉に。

優羽はいつも通りの、まったく無垢《むく》な笑顔を見せてくれた。

「何言ってるんですか！　言ったじゃないですか、いつも助かってましたって！」

「……うん」

「本当はもっとちゃんといっしょに戦いたいですけど、でも秘密なんですもんね！　しかたがないです。わたし、もっとがんばりますから！」

じゃあっ、と手を振って路地に入っていった優羽が、少しして振り返る。

「いっしょに帰れて、うれしかったです！」

そのまま小走りに、家のほうへと帰っていった。

手を振ることもできず、俺はただただ見送る。……このタイミングで、今あの胸がどう揺れているのかなど考えているくらい、俺はダメ人間だというのに。

天使というしかない。やはり大好きだ。

「夢ケア、大成功ですわねえ」

いつのまにやら俺の手から抜け出し、わけのわからんことをほざき立てている見た目だけ天使の抜け殻みたいなバカメジーナより、よっぽど――

なんだと？

「夢ケア……？」

「ええ。ユーハたんの。いっしょに下校すること、って」

「……あ」

「してたんじゃありませんの？　今」

忘れていた。完全に。

夢ケアという単語もろとも、まるっと。

「してたとも。想定通りだ」

ということにしておこう。

「優羽は満足してくれたようだが、これがどれほどの効果になるというんだ？」

「あ、って言いましたわよねさっき」

「賀城さんもふしぎなことをさせるものだが、そもそもの情報源はメジーナだったな？　なぜ下校することが夢のケアになるんだ？」

「忘れてたんじゃありませんの」

「夢装少女《ファンタジスタ》はまったく謎ばかりだなあ」

「自分のこと、うそとかごまかしとかが上手《うま》いと思ってるんだったら、致命的な勘違いですわよミズト」

わやわやとうるさいメジーナを連れ、俺は夜道を歩いていった。

二章✦彼は九暮《くぐれ》と喋るべく

放課後すぐのタイミングが、最も校内が騒がしくなる時間帯なのではないかと思う。

「そう、その上に……ああもう古坂《こさか》くん、それ剝《は》がしちゃってくれ。空いたところに、そう、うん。いいねいいね」

賀城《がじょう》さんの指示に従って背伸びし、ポスターを画鋲《がびょう》で留《と》めていく。

夢装《むそう》理事自ら、夢装少女《ファンタジスタ》たちの相談を受けつけるカウンセリングルームを開設するそうだ。その告知を、目立つところに何枚も貼りたいという意図はわかる。

しかし、何だろうか、この妙なカラフルさは。

『気軽にノックしてネ』という文言はともかく、吹き出し付きでそれを述べている八〇年代少女マンガチックなキャラクターは誰なんだ。いやわかるが。……賀城さん自らデザインした、って言ってたな。深くは考えないでおこう。

「すまないね、助かったよ。自分でやろうと思ったんだが、どうも背が足りなくて」

「いえ。いつでも言ってください」

「うっかりスカートで来たのもいけなかった。椅子なんかに乗ろうものなら、青い春のまっただ中にいる男子諸君に、いらぬ誘惑を仕掛けてしまいかねない」

「そうですか」

「見たいかね？」

「いりません」

いらないとはなんだっ、と怒る賀城さんの前から、用があるのでと逃げ出した。

毎度毎度こうなるから賀城さん絡みは面倒くさいが、頼まれるからには断るわけにいかない。俺は生徒会長だからな。

グラウンドに向かう途中で、校務員さんに呼び止められた。

校務室の空調が、しばらく使っていなかったせいかうまく動かないという。業者に点検を頼まなければならない。しかしこの校務員《おじ》さん《さん》、少し天然気味なところがあるからな。リモコンの電池を入れ忘れてるだけとかかもしれない。

「学年主任の先生に伝えておきます。今日か明日には一度見に行きますね」

グラウンドのすみの部室棟に、もともと約束していたラグビー部を訪ねる。

野球部とサッカー部にグラウンドを占拠され、ろくろく練習場所も取れないらしい。話し合えばいいと思うのだが、なんだ、まともに相手してもらえない？　でかい図体《ずうたい》しているくせに、やけに気の小さい連中だな。

「野球とサッカーの顧問に注意しておく。それと具体的に、どの程度の場所を確保したいのか提案してくれ。時間の融通が利くようならそれもな」

校舎に戻る途中で、見知らぬ生徒に百円を手渡された。

廊下に落ちていたという。俺を何だと思っているんだ。落とし物係では――いや、まぁうん、ネコババしてもおかしくないところを、こうして持ってきたのはえらいな。

「落とし物ボックスに入れておいたら、それこそ誰かに持っていかれそうだ。賀城先生にでも渡しておく。ありがとう」

自分で渡しておけ、と突き返すことはしない。俺は生徒会長だからな。

とはいっても、こんなところだ。

我ながら、地味。それでいい。自分の役割を粛々とこなすのみの日常。予算など触ることはない。行事のときには委員会と手分けする。その手配で多少目立ちはするがな。

俺が生徒会長だと知っている者など、教師とクラスメイト以外ではごくわずか。

先ほどの生徒が、むしろよく覚えていた部類だ。雑用係と思っていた節も否めないが。

いやいや、それでじゅうぶん。実際生徒会など、生徒側のなんでも屋なのだ。

無論、メリットはある。職員室での覚えがよく、評価されるように行動すれば本当に評価される。イコール内申点となるほど学校のシステムも単純ではないが、マイナスになろうはずもない。今後の人生、必ずしも順風満帆に進むとは限らないのだ。

仮にとんでもない逆風に見舞われたとしても、あらゆる手を尽くしていい大学に進み、理想的な職に就く。絶対に外せない条件だ。優羽《ゆうは》をつつがなく養うためにな。

ゆえに、今の立場を失うわけにはいかない。

「もしも……ばれたら」

教室棟の階段をのぼりつつ、ぞっとしない想像を独りごちる。

俺が、女になっていると知れたら。

他の事実はどうでもいい。優羽を助けるためなどと、誰も聞く耳持たないだろうし、そもそも知られたくもない。俺が女体化したという、一点だけが流布されるのだ。

様々な目で見られることだろう……

俺だって、自分以外の誰かが同じ状況になっていたら、一切の偏見を持たずにいられるかは自信がない。尖《とが》った方向にばかり、想像力を働かせてしまいかねない。

なにより俺の『事実』は、その想像から当たらずとも遠からず、だろうしな。

……やはり黄昏《たそがれ》騎士のときは、無理にでもかわいらしく演じるべきか？

生徒会室にいるのが優羽だけなら、少し練習してみてもいいかもしれない。

「優羽だけならな……」

たどり着いたそのドアを、がらりと引き開ける。

生徒会室は、通常、にぎわうことの少ない場所だ。

生徒会役員としての仕事など、行事がある時期以外はさしたる量も内容もなく、週一回の定例会で決まった確認事項を処理するだけのことだ。だからこそ、普段から人通りの少ない、教室棟三階の端っこに位置しているのだとも言える。

部活優先OK、塾優先OKでやっていることもあり、役員メンバーが全員そろうことも稀《まれ》だ。常に出席している俺と、もう一人いればたいてい事足りる。

そのもう一人が高確率で、書記を務める柏衣《かしわい》優羽であるため、俺は生徒会が大好きだ。

大好き、なのだが。

「今日もまた、なかなかのにぎわいっぷりだな」

俺の率直なコメントの通り、室内には三人の人間がいた。

なぜか懸命に折り紙を折っていたらしい優羽が、パッと顔を上げて笑う。

「水人《みずと》くん、こんにちは！」

「すまんな、遅くなった。暇谷《なわてや》先生は話し好きで困る」

「あははは。話おもしろくて、わたし暇谷先生好きです」

「こっちの作業は？」

「終わりました！　職員会議用の今期部活動資料、印刷できる状態にまでしてあります。でも、資料の端っこに描くワンポイントイラストが、そろそろネタ切れです！」

「あれが妙に好評な理由がわからん」

えへへー、と上機嫌な優羽は、普段となんら変わらない様子だ。

黄昏騎士であることがばれた昨日からも、まったく気にした態度を見せない。

ありがたいことだ。幼なじみが女に変身していたのに。本心のところではいろいろ思っているのだろうが、根掘り葉掘り聞かれないだけでも救われる。

俺のことを、信じてくれているのか……

相手が優羽以外なら、あっさりそうと決めつけるんだがな。いまいち自信を持ちきれないのも、惚《ほ》れた弱みというやつか。

その優羽の、向かい側の席。

「やあ。またお邪魔してるよ」

ペットボトルのお茶を手にしたセミロングヘアの少女が、優羽よりはずいぶん控えめに微笑んだ。

落ち着いた出《い》で立ち、まなざし、物腰。

かっちり着こなされた制服は、今が一日すごした放課後であることを考えると、驚異的な整いぶりである。ひざをそろえた座りかたといい、ボトルをデスクに戻すときにハンカチで水滴を拭うちょっとした所作といい、主張しすぎない気品が垣間見《かいまみ》える。

至堂楓子《しどうかえでこ》。

このしとやかさは、優羽にはないな。むしろ身に着けられたらとんでもない。やさしさと美意識を兼ね備えた、パーフェクト女神の誕生となる。俺の自制心が保《も》つかどうか。

「優羽は大丈夫と言っていたけれど、本当にいいかい？」

「構わない。俺もプリントの印刷と、裁断に来ただけだ」

「じゃあ、おとなしくしてるよ」

「ああ。お菓子も食うなよ」

「あはは、だってさ九暮《くぐれ》くん。やっぱりばれてるじゃないか。あ、会長、ボクは食べてないからね？」

嫌みなく言ってのけ、楓子はブックカバーをかけた文庫本を開いた。ふむ、まことに絵になる。図書委員でないのがふしぎなくらいだ。

ッチ、と耳を打つ小さな舌打ち。

優羽の隣に座っている少女が、唇をへの字に曲げてそっぽを向いた。

黒髪おかっぱ、前髪だけが妙に伸び、眠たげな目元にかかっている。腰掛けたままでもわかる、優羽以上の小柄さ。上半身における特定部分も未発達を継続中らしく、幼児体型から脱却したのは昨日今日なのではないかというつるぺた具合がうかがえる。

佐々森《ささもり》九暮。

この部屋にいる中で、彼女だけが一年生なのだが、そう思えるのは見た目だけの話だ。にじみ出る不遜さ。態度のでかさ。先輩二人があいさつしているのに、後輩が黙殺とはどういう了見だ。というかやはりお菓子はおまえか。じゃが●こサラダ味だろうわかってるんだぞ。拒否する優羽にむりやり食わせて共犯にする構図までが目に浮かぶわ。

と、声に出したいところだが、そんなことはしない。

なぜならこいつをほうっておくと、

「ご、ごめんなさい、水人くんっ！」

優羽が構ってきてくれるからだ。

「九暮ちゃんは、あの、いつも通りなんです！　いつも通り悪気はないんです！」

「そうかそうか。そうなんだろうな」

「あまり怒らないであげてください！　あとごめんなさい、実はわたしもお菓子一個、九暮ちゃんにすすめられるがまま食べちゃいました！」

　知ってた。

「九暮ちゃんはほんとはいい子なんです！　全国・心やさしい子テストを実施したら、きっと上位に食いこむとわたしは見ています！」

「そうだな。ただその良さが人に伝わりづらいだけだったな。五〇回は聞いた」

「水人くんとも、本当は仲良くしたいんです。宿題教えてほしいとか、きっときっと思ってるんです！　そうだよね九暮ちゃん⁉」

　優羽たん、と九暮がまなざしを鋭くする。

　といっても、半分引き下ろされたまぶたは相変わらずで、眉毛がほんの少し角度を増したにすぎないが。

「そこ、谷折り」

「はっ。谷折り！　ですね！　あれ谷折りってどっちだっけ。こうですっけ」

　ただのひとことでごまかされる優羽。おまけにそれは山折りだ。

　超かわいいんだがなあ。ときどきちょっと、懐が深すぎるところがあるよなあ。

「コピー機使うぞ」

　俺はため息もつかず、空いているパイプ椅子に鞄《かばん》を置いた。

何にせよ、優羽が楽しそうなら、それでいい。生徒会室も使うがいいさ。

メジーナがいたら、公私混同だのと言われたかもしれないな……

その通り、公私混同だが？

運動部の男子連中が汗くさくたむろってたら即座に追い出してやるが、優羽の友だちなら多少は目をつむるとも。なお、優羽の男友だちというパターンに回答が出ないが、そんな状況が実現したら答えなんぞさがしている場合でもなくなる。

「ふふ……また鶴」

にまりと口元をゆがめた九暮が、椅子の上を優羽方向ににじり寄る。

「優羽たん、また鶴。四羽目」

「あ、あれーっ……!? おかしいです、わたしはカブトに挑戦していたはず……!?」

「優羽たん、何を折っても、鶴になる。一句」

「うぐぐ。あっ!? もしかして九暮ちゃん、うそを教えてませんか!?」

「どう考えてもそう」

「まさかのズバリ!? ガーン！」

「なぜ今まで気づかない。ふふ」

訥々《とつとつ》と、切り落としたようにしゃべる九暮の頬《ほお》を、優羽がこいつめーとつっついた。

仲がいい。

というか、九暮が優羽にべったりだ。下級生に対しても絶対に偉ぶらず、面倒見のいい優羽の心根を見抜いているのだろう。その点は見事。なかなか評価できる。

だが、俺は九暮《こいつ》が苦手だ。

そして向こうも、俺を嫌っていることだろう。

なぜかは知らん。しかし態度に出ている、あからさますぎるほど前面に。俺が入室してしばらく、一度も目を合わせないどころか、こちらを見ようともしないんだからな。

もっとも、今までは俺も気にしてなかった。好きも嫌いも個人の自由。そもそも、こんなしゃべりかたにまで中二病を引きずった小娘など、本気で相手にするわけがない。

ただ今度ばかりは、そういうわけにもいかんのだ。

い、い、い、い、い、次の夢ケア対象は九暮なんだからな。

「鶴。ぜんぶほしい」

「四羽とも？　いいですけど、そんなに何に使うです？」

「さあ。とりあえず、ひとつはこう……、ふふ」

鶴にストラップの輪を器用に取り付け、九暮はスマホにそれを引っかけた。そのまま画面をいじりはじめる。

咳払《せきばら》いののち、おい、と俺は九暮のスマホを指さした。

「無駄なスマホ使用は厳禁だぞ。佐々森もA級夢装少女《ファンタジスタ》だから所持はいいが、堂々と学校で扱うのはよせ。校則違反だ」

「……チッ」

「舌打ちっておまえ。違反だぞ。違反はおまえ、その、お仕置きとかアレだぞ」

「情報収集中」

フンと鼻を鳴らして、九暮はスマホいじりを続ける。ケンカはダメですーっ、と訴える優羽の頭を片手でなでなでしながら。うらやましいぞクソが。

しかしやはり、こういうことではない、か……？

昨夜、読んだあとコンロの火にくべた、特別指令書を思い出す。

佐々森九暮：上から目線で屈辱的負荷を与えること
そう記してあった。間違いなく。一言一句、記憶違いはない。
……頭がおかしいのか、とは何度も思った。
屈辱。屈辱的、負荷。

まずもって、なんだそれは。

言い間違い、印刷ミス、データの取り違えという可能性を考え、今朝早く夢装理事室を訪ねてみたが、賀城さんは出張中だった。夢ケアの指令をもらったその場で、すべてをチェックしていなかったのが悔やまれる。

まぁ、質問したところで、賀城さんもメジーナの言葉をそのまま書いているだけだろうからな。納得のいくコメントをもらえたかどうかは疑問だ。

屈辱的負荷。繰り返すだにバカバカしい、頭の悪すぎる単語——ではあるが。

言葉の意味するところはわかる。わかってしまう。俺は生徒会長だからな。

要するに、サディストとして接しろということだ。相手をマゾヒストとして扱え、と。

九暮を。マゾとして。

……マゾ？　……九暮があ？

この反抗的態度の顕現みたいなクソガキが、ドMだと？

はは。ちゃんちゃらおかしい。やはり解釈が間違っているのだ。

現に今、上から目線で接したのに、何の反応もなかったじゃないか。陰で輝く地味な活動、縁の下の力持ちを信条とする俺が、ずいぶん思いきってやったのに。

それとも、アプローチのしかたか？　言葉では足りない、とでもいうのか。

「優羽たん。すまない。昨日」

スマホをいじりながら呟いた九暮に、うん、と楓子も顔を上げる。

「一人で戦わせてしまったね。もう少し早く到着できるつもりだったんだけど」

「も、もういいですって、その話は。しかたのないことなんですから、何度も謝っちゃダメですよ！」

「そうは言ってもね。黄昏騎士《たそがれ》に、あそこまで接近を許してしまったわけだし」

「え？　……せ、接近？」

「うん。あんなに距離を詰められたのは初めてだろう？」

「え、えーと、まあ。デコちゃん、黄昏騎士さん嫌いなんですか？」

「はは、嫌いとかじゃないさ。でも少なくとも、まだ敵か味方かわからない」

ほう……。

「何度も助力はしてくれてるけど、敵の敵というだけかもしれないからね」

「おうぁ……」

「ありがたいとは思ってる。でも、決して油断はできないよ」

さすがは楓子。トリオの良心。

得体の知れない相手の素性を、無理に決めつけようとはしない。落ち着いた態度だな。

それはともかく『おうぁ』ってなんだ優羽。

どういうリアクションだ。なぜ眉が八の字になってる。

ちらちらこっち見るな。その目はさっきもしてたろ、「黄昏騎士ちゃんは本当はいい子なんです」の目だ。ばれたらどうしてくれる。やめなさい。

「魔王が現れて、五年か。現行システムの原型ができて三年。我ながらボクたち、よくやってるほうだと思うけど、そろそろ限界に近いよね」

「デコちゃんパイセンも折り紙」

「ありがとう九暮くん。このまま魔王の活性化が止まらずに、同時に複数箇所に出現しはじめたりしたら、どこかでボロが出る。……会長、どう思う？」

なぜ俺？　と目で問い返すと、楓子はなめらかな手つきで紙を折りながら微笑んだ。

「賀城先輩……賀城夢装理事から、ちょくちょく言われていてね。夢装少女《ファンタジスタ》を外から見れる立場を、生徒会長につとめてもらうから、って。そういうの、聞いてない？」

これは。

どう答えるべきだ。楓子に伝えたなら、そうとひとこと言っておけあのオバハン。

どうにかぎりぎり不自然に見えないだろうタイミングで、俺は首を縦に振った。

「ある程度は。でも、俺は一般生徒だし、女性ですらないからな。そもそも、外から見るうんぬんなら、学園の内輪で処理することではないようにも思う」

「かたく考えすぎじゃないかな？　ほらアレだよ、業界の人間だけで業界を議論しても、意外とファンには届いてないみたいな。顧客の意見も大切ってことだよ」

「何の話だ……商売じゃないだろ別に」

「ボクの質問も悪かったね。でも、夢装少女《ファンタジスタ》のことは一通り知ってるでしょ？　今の学園にいる人数で、やれることはどのくらいかなって」

あった、と九暮が呟いた。

スマホの画面を横にして、長机の上に立てる。

「昨日の、黄昏騎士動画」

ぐっ。

「あ、本当だ。ボクも昨夜チェックしたけど、これはまだ見てないや」

「あわわわわわわ」

楓子たちが、興味津々で顔を寄せ合う。優羽、あわわはやめような。

少々悩みどころだった。

おおよそ心配はいらないだろうとはいえ、できるだけ俺と黄昏騎士に関連性を持たせたくない。しかしこの場合、まったく興味を示さないのも不自然じゃないだろうか？

今や黄昏騎士は、登場すればニュースのどこかで必ず取り上げられている。ネットに動画も溢《あふ》れているし、少しは反応して見せておいたほうがいいかもしれない。

「おー、森から……」

動画に見入る三人の後ろに回り、俺も画面に目をやった。

……見ていることを、誰一人にも気づかれていない気がするが、ま、いいだろう。

「うーん、あの陸橋の高さまでいっちゃうか……。ボクらも、変身後は身体能力がバケモノじみちゃうけどさ。なんかこの人だけは、ちょっとレベルが違うよね」

「約、三〇メートル」

「あの柱そんなに高いの？　じゃあこれ、六〇メートルくらいの高さまでは跳んでるじゃないか。その上でこの飛び道具……今まで遠距離で戦ってるとこしか見たことないけど、近距離戦も弱いわけなさそうだよね」

まさか優羽に正体を知られたくないがゆえ、飛び出たビームだとは思うまい。

「仮面で、顔もわからない。学園の誰も、メジーナたち神霊ですら、正体を知らない。誰なのかわからない、誰そ彼《たがれ》の騎士、か……」

し、しみじみささやくのはやめてくれないか至堂楓子！

思わず顔に出てしまいそうだ。焦りそうなのか笑いそうなのか、もはや自分でも判別できないが。死ぬほどこそばゆい。

……にしても。

「ふー……しゅー……」

なんだというんだ、佐々森九暮……

いつもは半分閉じかけている両のまぶたを大全開で、食い入るように動画を見つめている。いや、もはやにらんでいると言うべきか。

おかっぱ頭に、いとけなく整った顔立ち。血走った眼球に、嚙みしめられた唇。

怖すぎる。呪いの日本人形でも裸足《はだし》で逃げ出すんじゃないか、この雰囲気は。

「落ち着きなよ、九暮くん。ほら、ドラゴン」

「ふお……？」

創り上げられた折り紙のドラゴンに、九暮の気がそれる——なんだこの匠《たくみ》の技は。何者だ楓子。俺もそっちのが気になるぞ。

当の楓子は動画を眺め、わずかに目を細めた。

「どんな人なんだろうね、黄昏騎士《かのじょ》は……」

「きっととってもいい人ですよ！」

どうした優羽。

いきなり何を言い出す。

「とってもいい人で、とってもすごい人で、とってもあの、なんか、そう、です！」

「優羽はそう思うかい？」

「思うです！　なんていうか……あ、憧れる、っていうか。いつもわたしの目標になってくれるような、大きな大きな存在感です！　きっとやさしくて、頼りになって、じっと包みこんでくれるような人だと思います！」

優羽……！

そうか。黄昏騎士のことを、おまえはそんなふうに思ってくれていたのか。

報われる心地だ。ノーパンの甲斐《かい》もあった。

ただこのタイミングで、その意見表明はまずかないでしょうか。

「優羽……？」

細い眉をひそめて、楓子が優羽に向き直った。

「急に、ずいぶん推すね……？　前まで、助太刀に感謝こそすれ、そこまでじゃなかっただろうに」

「えっ？　あ、いえ、その」

「何かあった？　ひょっとして黄昏騎士としゃべったの？　昨日？」

「え、えと、まあ……少し？」

「包みこんでくれるような、って……。何かされたの？」

バッ、と九暮が振り返った。

皿のごとく両目を見開き、乱れた前髪の奥から優羽を見つめる。ホラーか。

「ち、違います、違います！　なんにもされてないです、ちょ、ちょっとおしゃべりしたかな？　ってだけですので！」

「……包まれたの？　……包んだの？」

「へ？　……っ、包まれた、かな？」

「優羽たん、汚された」

「何言ってるんですか九暮ちゃん⁉」

よよ、と泣き崩れてみせる九暮。

本人はウケ狙いのつもりかもしれないが、口の端っこで髪の毛くわえるのをやめろ。呪殺を決意した邪教徒にしか見えん。

「こ、こらっ、冗談はやめないか九暮くん！　……じ、冗談、だよね？　優羽」

「デコちゃん⁉　わたし何もされてませんよ⁉」

「そ、そうだよね。……本当に？　言葉巧みに誘いこまれて、森の茂みについていったりしてない……？」

「地味にリアルな想像⁉　こまれてませんです、いってませんです！」

そうか、と安堵《あんど》した表情の楓子が、ぽりぽりと頬《ほお》をかく。

なんというか、心配の方向がおばちゃんだな。これもまたトリオの良心がゆえか。

俺は小さく咳払《せきばら》いした。

優羽にまで翻弄されている場合ではない。九暮の夢ケアなど、一瞬で済ませてくれる。

上から目線。上から目線、と。

「おい、佐々森。気づいていないようだな？　黄昏《たそがれ》騎士がピンチになっているぞ」

「……！」

「俺は気づいていたぞ。ここからが見所じゃないのか？　集中して見たらどうだ」

よし。この言いかたなら——…………………

普通にアドバイスしただけじゃないか俺は。

なんてことだ。やはり難易度高いぞ上から目線。

根っから善人の俺には荷が重いのか。悪ぶろうとしてすら相手のためになることを口走ってしまう、これが優秀に生きる星のもとに生まれた人間の業というものだろうそもそも俺は偉ぶったりせずとも元から偉いのだから口先のアピールなど必要では——

「チッ。不覚……会長ごときに」

ははは、また舌打ちか佐々森九暮。

確かに我ながら失敗だったが、そのリアクションはありえないだろ。なんだ会長ごとき、って。生徒会長にそんな表現はつかない、つくはずがない。おのれ……

「ここ」

俺のひそかな憤慨をよそに、九暮が動画の再生バーを戻し、一時停止させる。

「ここで、動きが止まる。理由は不明」

画面では、陸橋の支柱に立つ黄昏騎士が、剣先を下げて棒立ちになっていた。

なるほど。この映像だと不可解だな。

だが当然ながら俺の目には、スカートの下の並々ならぬスースー感に気づき、頼りないにもほどがあるアーマーのすそをさりげなく押さえようとしている動きにしか見えない。

よもや、と九暮がまた声をくぐもらせる。

「揺らがされたか？　優羽たんの聖なる光に……」

何を言っているのかわからない。本気で。

「さすがに足場が不安定すぎたのかな？」

地味なところをよく見てるな楓子は。

「うーん黄昏騎士さんも女の子ですから、うーん、洗濯物が気になったとか！　うーん、女の子ですからねー、うーん！」

俺にはわかる。優羽はマジだ。心から真剣にこれをほざいている。

とはいえ、今すぐ気づかれてどうこう、という可能性はさすがにないか。

九暮も楓子も、やはりそれなりに黄昏騎士を意識してはいるようだが、俺に疑いの目を向けるどころか正体の可能性に含めてもいない。

――たった今、ピンときたことがある。

ヒントになったのは、この位置関係。机の上のスマホ動画に注目する女子たちと、その背後に立つ俺。考えてみれば、まったくもって、危機感の足りない連中だな？

おまえたちは先ほどから、他ならぬ黄昏騎士にバックを取られているんだぞ。

やりたいほうだいじゃないか。

たとえばそう、屈辱的な負荷を――言葉などではない、俺がされたなら絶対にキレる、上から目線の負荷を与えることも容易だ。

「身のこなしはさほどでもなさそうなんだけど、やっぱり威力が桁違いだね、黄昏騎士」

背中を向けていながらも、楓子の振る舞いには隙がない。確か彼女の家は武道の宗家。コメントの安定感も違う。さすがだ。

「はっ。みんな見てください！　黄昏騎士さん、おっぱいがとっても大きいです！　剣を振るたびにぼいんぼいん、女子力すごい！　ああー女子力がすごい、女子ですねー！」

優羽のコメントには隙しかない。というか、女子力とはそういうものだったか？

だが、

「闇……闇……闇……」

スマホを凝視し、オタクの悪い部分が凝縮されたコメントを垂れ流している九暮。

おまえがいちばん、隙だらけだ。

人差し指を立てた今の俺は、さぞかしあくどい笑みを浮かべていることだろう。

屈辱のトリガーとして、ターゲットの肩を叩く。

「ん——」

ぷにっ

と、振り向く九暮のほっぺたに、俺の人差し指が食いこんだ。

……やわらかい。

思った以上にめりこみ気味だ。意外とためらわず振り向いてくれたせいで、九暮の顔がそこそこ変形している。

斜め下から頬を押し上げられ、くくく、無様にも鼻の穴がふさがりかけているぞ。

「な……なにしてるんですか？　水人くん……」

なんだ優羽、知らないのか？　これは、あのー、なんだ。正式名称は何だったか。

ともかく、自ら頬をつつかれてしまうアレだ。

屈辱的負荷というよりあるまい。ここでトドメの上から目線を。

「油断だな、佐々森。夢装少女《ファンタジスタ》たるもの――」

がぶっ
「いついかなるときでも常在戦場がぶ？」

迅速な違和感に、俺は自らの指先を見下ろしたはずだった。

しかしそこには、九暮の顔ばかりがある。

眠たげだった両目を強烈につり上げ、小さな口で俺の人差し指に思いきり噛《か》みついている九暮の顔が何してんだこいつ。

「いてててでで噛んでる噛んでるおいっ⁉　やめろ！　佐々森！　痛いマジで！」

「く、九暮ちゃん、ダメですよっ！　噛んじゃダメです、ダメ！　ぺっしてください！」

「子どもの拾い食いかっ、いやいいどうでもいい！　ぺっしてくれ、ぺって！」

優羽に羽交い締めにされ、どうにか九暮が俺から離れる。

両目を皿のように見開き、ガチガチと歯を鳴らして威嚇する様は、まんまピラニアだ。

どういう理屈で生きているんだこいつは。

いやあ、と楓子が気まずそうに頬をかく。

「その……あはは、意外だね？　会長くんが、その手のお茶目《ちゃめ》をするとは」

「お茶目……!?　い、いや……これは屈辱の……!」

「九暮くんも、いきなりで驚いたんじゃないかな。アレだよほら、仔犬《こいぬ》をなでようとしたらびっくりされて噛まれちゃうやつ」

待て、驚かせようとしたわけじゃないぞ。

自分がされたら最もカチンとくる屈辱的行為を、九暮に行っただけだ。頬を押すから、屈辱的『負荷』にも当てはまると思って。

ぷぇ、と九暮が赤い舌を見せた。

「やばい。感染してしまった。病気になる……」

「病気っ!?　そ、そんなことないですよ九暮ちゃん!」

「難病だ。セートカイ菌だ。まず足の小指から腐ってゆく」

「こわい!?　わたしも生徒会です九暮ちゃんー!」

「優羽たんは平気。なぜなら優羽たんだから」

「理屈どこ九暮ちゃーん！」

「優羽たん……」

それでも抱き合う二人を尻目に、俺はいったん生徒会室を出た。

人差し指の歯形がひりひりする——あいつ、本気で噛みつきやがった。

なるほど機を見るに敏、普段から嫌っている俺が、自ら攻撃される隙を作ったのだ。頭の中がどうなっているのかと思うが、見方を変えれば確かな狩人《かりゅうど》意識。

戦闘に適した能力を持つ夢装少女《ファンタジスタ》としては、申し分ない性格といえるだろう。

……まさかこの、屈辱的な負荷を与えるという指示は。

「わざと俺を攻撃させて、血に飢えた佐々森の攻撃欲を満たす、的なアレか……!?」

「違いますわよ〜」

うおびっくりした。

廊下の窓からひよひよと、あきれ顔のメジーナが入ってくる。

「ミズトったら、だめだめですわ。だめだめだめのだめ星人ですわよ」

「結果としてそれを認めた上で言うが、賀城さんも悪いだろ……！　ひいてはおまえも！　あの指示はどういう意味だ!?　というか間違えてないか、佐々森と至堂あたりを！」

「あら？　あの夢ケア、相手がデコたんなら、ミスト的にはオッケーですの？」

「オッケーというか、それはっ……」

マゾ扱い。ドMというイメージ。思わず想像してしまう。

なんというかこう、亀甲縛り的な、いろいろと食いこんだあられもない姿。

あの大人な雰囲気の楓子が、そんなふうになっていると思えば——いや、よせ。俺にその趣味はないが、たぶん楓子にはハマる。妄想が止まらなくなっては問題だ。

ともかくやはり、九暮では想像もできないぞ。

「もっと思いきって、強くバーンといってしまいなさいな。なんならそのまま押し倒してしまってはいかが？」

「バカを言うな」

「やはりユーハたん一筋？」

「それもそうだが、押し倒したりなどして、俺に本気になられてしまったらどうする？佐々森といえど女だ、傷つけないように断らないといけなくなるだろう」

「あらあらうふふ、きンもちわる」

待てよ……？　女だから、という意識は正直、さっきもあったな。

それを見切られたのか？

相手が女で、しかも一歳年下なのだから、手荒なまねなどできようはずもない。力で押さえつけられるのは確かに屈辱的だろうが、それだけに倫理にもとる行為だ。

九暮はそれを予想して、『こいつには何をしても反撃されない』と見下しているのか。

そう考えると腹が立つし、重要ポイントはそこかもしれない。

しかし実際問題、暴力を振るうわけには……。

いや。

噛まれた分くらいはやり返してもいいか。原因はこっちとはいえ、噛むとか。なあ。

「メジーナ。夢ケアに関するおまえの協力は、どんな内容でも可能か？」

「おぉ……覚悟を決めたのですね、勇者ミズトよ。我が魂魄《こんぱく》も、このときを待ち望んでおりました。そなたの望みを叶えましょう、クグレたんを縛り倒してベッドに放りこんでおきますゆえ、あとは御心《みこころ》のおもむくままになめたりなめさせたり動画撮影したり……」

「厳かにとち狂うな。密室で、佐々森と二人きりになれる状況を見定めてくれればいい」

「我が魂魄の提案と何が違いますの？」

いろいろと違うが、確かにいささか問題あるように聞こえたかもしれないな。

俺は小さく笑った。楽しくなってきたじゃないか。

「黄昏《たそがれ》騎士の恐ろしさ、たっぷりと教えてやるさ」

「実は気に入ってますのね。そのお名前」

だってカッコいいだろう。

✦　✦　✦

チャンスはなかなか訪れなかった。

前々から思っていたことだが、九暮は本当に優羽にくっついてばかりいる。学年が違うし、離れる時間もそこそこ多かろうと予想したのに、なんのなんの。

昼休みのチャイムが鳴ろうものなら、超特急で二年の教室までやってくる。物怖《ものお》じなど微塵《みじん》もない。しかもそれを受け入れられている様子だ。

なまじ優羽がクラスで人気者——小動物的な意味で——であることもあって、ペットのペット的な扱いを公然と受けている。いかがなものか。

とにかく九暮は、一人になる時間がない。

はっきり言って意外だ。あのとっつきづらい呪い人形が、こうまで他者と交流を持っているとは。会話という意味では、ほとんど九暮が話しかけられるばかり。それにも首を縦か横に振って返すだけで、コミュニケーション能力が高いとは言いづらいというのに。

そして、観察するうちに、気づいたことがある。

「九暮《あいつ》マジで、俺にだけ態度違うじゃないか……！」

ある日の放課後、すぐのこと。

ちらほらと居残る生徒たちの間を足早にすり抜けながら、俺はのどの奥でうめいた。

しっかり聞き留《とど》めたメジーナが、顔の真横でこくこくとうなずく。

「ですから、ずっと言ってるじゃありませんこと？　あの子はミストが大嫌いなのですわってば」

「信じられん。俺のことが嫌いな人間など、極悪人しかいないと思っていた。やつは極悪人か？」

「今この瞬間だけでいえば、ミストのほうがなんぼか悪人ですわ」

「何を言っているかわからんが、ともかく認めよう、佐々森は俺を憎んでいる。しかしつまりは、俺が遠慮する必要もないということだ」

「なるほど。嫌いな相手に身体をいいようにされて悦《よろこ》んでしまう屈辱はどうだっ!?　というわけですわね」

「おまえほんと一回生き埋めにしてやろうか」

ともあれ。

九暮が一人で生徒会室にいる、とメジーナが告げに来たのが二分前のこと。

今日は楓子が体調不良で休み。優羽は職員室で、なにやら教師に捕まっているという。

おおかた、適当に聞き流しておけばいい教師のちょっとした自慢話に、真剣味あふれる相づちを打ちすぎてその気にさせてしまっているのだろう。罪な女だ。だがそこがいい。

さすがにそんな現場にまで付き合わせるのは悪いと、優羽が九暮を先に行かせたらしい。

すなわち今日も最初から生徒会室にたむろするつもりだったということだが、まぁこの際どうでもいい。

夢ケアはそもそも、夢装少女《ファンタジスタ》が夢の力を発揮できるよう行うことのはず。

あの九暮にあの指令を達成したとして、どんな効果があるのか知らないが。

「これも優羽のためだ……！」

メンバーのケアは優羽のケア。

我ながら涙ぐましい意気込みで、生徒会室のドアを引き開ける。

眼前に銀の光が閃《ひらめ》く瞬間を、俺は真顔で目撃した。

大鎌。

生徒会室に――というか、学び舎《や》たる存在にまったく似つかわしくないばかでかい武器が、このつつましい小部屋にデンと屹立《きつりつ》しているのだ。

あと一歩踏みこんでいれば、鼻が低くなっていたかもしれない。

首を巡らせると、珍しくまっすぐに俺を見ている佐々森九暮と目が合った。

しばしの沈黙を挟み、向こうから視線をそらす。

「……チッ」

「何してんだおまえ!!」

心の底から正直な気持ちを吐露した。せざるを得なかった。

「危ないだろうが！　切れるだろうが！　おまけに舌打ちだと!?　ここをどこだと思ってるんだ佐々森！　どうしても振り回したいくらいストレスたまってるなら、誰もいない空き地とかに行ってやれ！」

「夢装の武器だ」

「……なん？」

「人に当たっても、肉体が傷つくことはない」

そういえば……そうか。

この大鎌は、夢装少女《ファンタジスタ》状態の九暮が備える武器。見た目だけではかりきれない物体ということか。いやこの状況、そういう問題ではないと言ってしまいたいところだけども。

ふわふわ漂うメジーナが、もっとも、と補足する。

「精神力は思いきり刈り取られますから、当たってたら全身だるだるでぶっ倒れてたかもしれませんけどね」

ダメじゃないかやっぱり。

しかし、九暮は制服のままだ。夢装少女化《ファンタジスタ》していない。

武器だけ顕現させるような、器用なことができるものなのか？

「クグレたんは、こういうの得意ですわよねえ」

物言わぬ俺の疑問を勝手にくみとり、ぺらぺらしゃべるメジーナを一瞥《いちべつ》だけしておく。

「特性的にパワーファイターですけど、実はいちばん夢装の扱いが上手ですもの。なかなかわかってもらえなくて、しょんぼりですわねー？」

「おい。メジーナは何と言ってるんだ？」

夢装少女《ファンタジスタ》以外には、メジーナの声は聞こえない。

当然、俺にも聞こえていないことになっている。面倒だが、前向きに考えれば、演技のいい材料だ。

俺の質問に、九暮はフンと鼻を鳴らした。

……そのまま、鎌の刃をタオルでゆっくりと拭いていく。

答えはない。一分。二分。物でも投げようかな。三分。四分。

「おい。佐々森」

再度の呼びかけにも、九暮は視線を動かしすらしない。

俺の存在は、あくまで空気。何があろうと反応しないつもりでいるのか。

上等じゃないか。

「今日はいいお天気ですわね〜」

ナイスだメジーナ。

九暮が俺を無視し続けるなら、そうできない状況を作ってやる。

「今日はいい天気だな」

俺の呟きに、果たして九暮の視線が動いた。細い眉をひそめ、こちらを一瞥する。

当然だろう。聞こえていないはずのメジーナの言葉と、同じことを言ったんだ。誰でもひとこと言いたくなる。「うける」とかな。「なんでやねん」とかな。

それを夢ケアの第一歩としてやろう。さあ、話しかけてくるがいい。

「…………………………………………」

こんのかい。

見ただけかい。鎌の手入れに戻るんかい。終わって鎌をどっかに消して、どこからともなく取り出した折り紙をおりおりしはじめるんかい。

手強《てごわ》い……おのれ。そこまで本気で俺が嫌いか。

出会ったときからこうだった。態度は一切軟化しておらず、ただひたすらにアンチ俺。

今は無視だからアンチよりひどいか？　当然、理由もわからない。

こんなやつの夢ケア？　無理だろ賀城さん。

いや、夢に限らず、あらゆる意味でケアなど――

……夢ケア。

夢。

「優羽のためだ」

リアクションがないことはもはや気にせず、俺は九暮の対面に腰掛けた。

長机にひじをつき、窓からの光を背負ってじっと見つめる。

「優羽のためなんだよ、佐々森九暮」

繰り言に、九暮の眉が動いた。今まででいちばん大きな反応。

俺とこいつの共通項といえば、おそらくその一点しかない。

意地など捨てろ。プライドも置いておけ。一年生としての立場と態度は、いずれゆっくり厳重に思い知らせることとして。

「おまえの夢を、俺に教えろ」

ぶっ、とメジーナが鼻水を吹きだした。土地神にもあったのか、鼻水とか。

九暮もさすがに、こっちを見ている。

呆《あき》れ返っている表情だ。

先輩の生徒会長と、後輩の一般生徒。イン生徒会室。ここで後輩が露骨に呆れていい案件など、『パンツを見せてくれ』と言われたレベルの話ではなかろうか。

夢を教えてくれ、程度で……。程度で。

呆れるかもな、けっこう。

「ッチ……」

「優羽のためだ」

舌打ちひとつで再びスルーを決め込もうとした九暮に、三度《みたび》繰り返す。

「おまえは俺が嫌いなんだろう、佐々森」

「うん」

首とか絞めてやろうか。

こんなときだけ即答しやがって。

「俺にも、嫌ってくる相手を好む理由はない。だけどな、ひとつ約束してやろう。おまえの夢を教えてくれれば、今後お互い、関わり合いにならずにすむ可能性が高くなる」

「……わからん。意味が。どういう理屈でそうなる」

「それは言えない。だがうそは言っていない」

夢をケアしようとしていることは本人に伝えられないが、俺の個人的な目的が巡り巡って優羽のためであること、それは言ってもいいだろう。そうでもしなければ進展がない。

上から目線で屈辱的負荷を与えること。

賀城さんからの指示はそれですべてだが、よくよく考えれば何に対して、上から目線になるのかで、まったく意味の違う内容になる。そもそも、九暮がマゾヒストではないかというのも、屈辱的という言葉から勝手に逆算しただけの推測にすぎない。

この指示のめざすところが何なのか。メジーナは「言えない」という答えだった。

決していじわるや、悪ふざけが理由で言わないのではないのだろう。

俺が自ら行動することにも、きっと夢ケアの意味があるのだ。

だから聞く。本人に。

「信用などできるか」

にべもなくはねつける九暮に、俺は笑ってみせた。つとめて友好的に。

「言いかたを変えよう。うそをつく理由がない。俺だっておまえの嫌い嫌い光線を四六時中向けられるのはもううんざりなんだ」

「嫌い嫌い光線」

「おまえと関わらずにすむことは、俺にとってもメリットなんだよ。ここで顔を合わせても、お互いスルーしてればよくなるだろ。だから教えろ」

「それができないから嫌いなんだよ」

「……なに？　なんて言った？」

「別に……。九暮の夢は、メジーナが知っている」

夏用の小型扇風機を起動し、風に逆らって飛ぶというよくわからない遊びに興じているメジーナを、九暮が目線で示す。

「知りたければ、聞けばいい。メジーナが言わないなら、九暮も教えない」

「む……」

「もっとも、邪《よこしま》な輩が下賤《げせん》な目的で聞いても、土地神の言葉は得られぬがな……くく」

俺を邪だと言いたいんだろうな。

しかしどうだか。ジャンクフードでも釣れば、本当に邪悪な相手にでもあっさりしゃべりそうだぞメジーナは。

もっとも、今回は夢ケアが絡むからな……。いや。

やってみるか？

「お〜じ〜え〜ば〜ぜんばよぉお〜〜〜……！」

扇風機宇宙人を実践する土地神。聞く気も失《う》せるわバカタレが。

となると、困った。

思いのほかうまく、九暮にかわされてしまったな。もっと隙の多い、つつけばいくらでもボロを出すやつだろうと侮っていたが、認識を改めなければ。

それでも、今まででいちばん会話した。優羽のため、というのは少なからず効いたか。

そういうきっかけが、もうひとつ欲しい。

もはや俺と九暮の間に、共通項などないように思える。だがなにか、もうひとつ——

「あアぁアあアぁアあア」

メジーナがただただやかましい中、つと、九暮の手元が気になった。

折り紙。

先ほどから、ちょこちょこと折っている。以前、楓子にドラゴンを折ってもらってから、九暮的なブームにでもなっているのだろうか。

鶴でも作っているのかと思っていたが、どうも違う。あのフォルムは剣だ。

それもなんだか、見覚えがある……というかある意味、持っている。

おそらく間違いない。特徴的な細身の刀身。再現しようと苦心しているのは、精緻に装飾された鍔《つば》の部分か。

でも、おかしいな……？

「黄昏《たそがれ》騎士は、嫌いじゃなかったのか？」

つい口をついて出た疑問に、九暮が弾かれたように顔を上げた。

両目を見開き、息を呑んでいるようだ。折り紙と俺の顔を交互に見やり、驚きぶりを隠そうともしない。

「な……なぜ」

「いや、前に……黄昏騎士の話題になったとき、えらく尖《とが》った反応してたから」

「なぜこの剣が、黄昏騎士の物だと、知っている……!?」

しまった、そこか。確かに普通は気がつかない。

「まぁその、なんだ。剣とか好きだから。男の子だし。うむ」

「そ……そうか。別に九暮は、そんな、好きじゃないけど。女だし。たまたま折ってみただけ」

「そうか。たまたま折ってみただけか」

「うん……完成する。もうすぐ。シャーペンの先を使ってここを袋折りにできれば……」

めちゃめちゃ細かく折りこんでるじゃないか。

再現度ハンパないし。よほど練習したな。

少なくとも、興味がないわけはない。その対象はなんだ？　剣そのものなのか？

それとも——

「自分の鎌は折らないのか？」

「別に……折らないでもないけど」

「鎌のほうが折るのが難しいか」

「そうでもない。……会長には、感じられないか？」

「感じる？」

首をかしげる俺に、九暮が笑った。

彼女に笑顔を向けられたのは、これが初めてのことかもしれない。

だが、こんな笑顔なら——小さな口元を吊《つ》り上げ、瞳に剣呑《けんのん》な光を宿し、頬《ほお》の筋肉をむりやりねじ曲げるかのような笑顔なら。

見る機会など、一度もなくてよかった。こわすぎる。

「黄昏騎士《こちら》の剣のほうが……」

折り紙の剣をつまみあげ、九暮は笑みを深める。

「闇が、濃い」

何を言っているんだ。

そうツッコみたいところだが、俺は口をつぐんだ。九暮の空気が変わった気がする。

黙って話を聞いてやることが、この場の最善であるように思う。

「闇は、常に九暮を呼んでいる。九暮も常に、闇たらんとしている」

「ほう……」

「十三歳、心が目覚めたあの日……言うなれば、死刑台へと続く階段の数と同じ歳の冬から、ずっとだ」

「十三歳の、冬」

中一の三学期じゃないか。

何が言うなればだ、まっすぐな中二病患者が。

「闇が九暮を求めるほどに、九暮も闇に憧れた。しかし……九暮はまだ、闇たりえない」

「大人になってからダメージ受けるやつだもんな」

「なんて？」

「なんでもない。どういうことだ、闇たりえないとは」

「……何が足りないのかは、九暮にもわからない。ただ、九暮はきっとまだ、コレを使いこなせていない」

九暮の開いた手のひらの中で、空気が粟立《あわだ》つように震えるのがわかった。

宙の裂け目が渦を巻くように、棒状に伸びて武器を形成する。

再び現れた大鎌の刃に、笑みを消し去った九暮の口元が怪しく映りこんだ。

「もっともっと、強くならなければ。まだまだ戦いの経験が足りない」

「強くなったら、闇に近づくのか」

「九暮の場合はな」

自分限定か。なるほどな。やはり思いのほか理論的だ。

夢装少女《ファンタジスタ》は個人個人で、それぞれ特性を持っている。

それは【夢装束《コスチューム》】としても表れるが、武器によってより強く示されることが多い。

たとえば俺なら、剣。

元はといえば近接武器、いや元はも何も今現在も近接武器には違いないんだが、俺の扱いがアレなせいで遠距離砲台に思われているきらいがある。黒子ビームがいちばん強いみたいに言われてるしな、ネットじゃ。確かにあれで、だいたい片付けてはいるが。

優羽なら、杖《つえ》。

今までも、杖はけっこう夢装少女《ファンタジスタ》の武器として顕現しているらしい。ゆえに比較的研究が進んでいて、優羽の場合は武器そのものの特徴まで判明している。

彼女の杖は、特性銘を【アスクレピオス】という。

癒やし・復元・成長を司《つかさど》るといわれる、極めて強力な聖杖だ。単体で魔王の攻撃を防いだり、味方を何重にも支援したりと、力の使いどころに事欠かない。トリオの要だ。

そして九暮の大鎌は、見た目通りのパワークラッシャー。

特性こそまだわかっていないが、極めて尖った固有能力がある。

「己の闇を刃に移し、上乗せすることで威力が増す。格段に。圧倒的に」

くく、とのどを鳴らした九暮が、大鎌の刃をふっくらした頬に這わせた。

「この力さえ自在にできれば、九暮は最強の夢装少女《ファンタジスタ》となる……！」

「威力といっしょに、重さも跳ね上がりますけれどね」

「たとえ、こちらの世界で神話に語られているクラスの魔王が現れようとも、我が一撃で刈り飛ばしてくれよう！」

「パワー重視しすぎて一歩も動けず、デコたんに持ち上げてもらったり投げ飛ばしてもらったり、仲間の対応力になによりの向上が見られますわね」

「くくくくくくく！」

やめてくれ。メジーナ。黙ってくれ。

俺に聞こえてないと思ってひたすらメジーナの声を無視し、高笑いまでぶちかましはじめた九暮がいっそあわれに見えてくる。

己の闇、といういかにも抽象的なそれが何なのか、知っているのは九暮のみ。

その闇をどの程度力に変えるかも、九暮の意志ひとつではあるのだが。なぜか過剰に威力を強化しすぎ、ぴくりとも動けなくなってしまうこともしばしばだ。

SNSユーザーにまで『置物紫ちゃん』『彫像少女』『二宮紫次子《にのみやしじこ》』とあだ名されてることと、当人は知ってるんだろうか。

「うまくバランスを調節できれば、確かに強力なんですけれどもねえ……」

メジーナも、こういうところは苦労だな。

しかしつまりだ。

「佐々森は、最強の夢装少女《ファンタジスタ》になりたいのか？」

「というより、必然的にそうなる。九暮が闇に近づけば近づくほど、きっと大鎌を制御できる。制御できれば強くなる。いずれ最強になる」

「じゃあ……闇に近づく？　ってほうが、ゆ、重要なのか」

夢という単語を意図的に避ける俺に、九暮がこくりとうなずく。

これまた抽象的すぎるな。

どういう状態をめざしてるんだ？　今のままでも、闇といえばじゅうぶん闇だぞ。さっきの笑顔がいついかなる時でもできれば、それこそサタン相手でも張り合えるさ。

「会長には、おそらく理解できまい。それで正しい」

「うん？」

九暮は浅く唇をひん曲げた。先ほどよりは、いくぶんマシな微笑みに見える。

「会長はいわば光だ。それは九暮も認める」

「光ぃ？」

「生徒会長で、試験はいつもトップで、夢装理事の信頼も厚く、サッカー部の部長で」

「いや帰宅部だが」

「完全に光の側の人間だ。九暮みたいな、宵闇の人間がちらちら視界に入っては、気になってしかたないというのもわかる」

「何を言って……、宵闇？」

微妙な言い回しだな、となぜか耳についた。

口に出してから自分でも気づいたのか、九暮も口をつぐむ。

しばらく、今まであまり経験したことのない種類の沈黙が、生徒会室を満たした。

ふしぎそうな表情のメジーナが、二人の間をひよひよと一往復、二往復する。

三往復目でコアラよろしくぺたりと俺の顔に張りついてきたので、むしりとってバケツに投げこんでおいた。

「優羽が……光じゃないのか？　おまえにとっては」

どうにか口を開いた俺に、九暮はまだまだ黙りこむ。

やがて、彼女の手の中から、ふっと大鎌が消え失《う》せた。

「試練が欲しい」

「……試練？」

「優羽たんは、まぶしい。でも九暮にも、まだ――」

言葉を遮って、チャイムが響き渡る。

特徴的な音の響き。

校舎内のすみずみにまで、一瞬で緊張が駆け抜けるのがわかった。

「クグレたん！」

「承知」

珍しく引き締まったメジーナの声に、九暮がスマホを取り出す。

画面もろくろく見ずに指先をはしらせ、流れるような手つきで通話をはじめた。無駄な達人感が溢《あふ》れ出ている。

「――１Ａ１０、佐々森九暮だ。アルファ現場、コール」

「魔王が来たのか……！」

「……ん？　……いや、しかし。九暮も出れるぞ。九暮も……、そうか。いやわかった、問題ない。承知した」

通話を終了した九暮が、ケータイを見下ろしてフンと鼻を鳴らした。

浮かせかけていた両のかかとが、トントンと不満げに床を叩く。

勢いこんでいたのがうそのように、彼女はドアに背中を向けた。

「おい……？　行かないのか？」

「行かない」

「待機の指示か」

答えはなく、九暮はパイプ椅子の上に体育座りした。

浅く腰掛けて背を預け、立てたひざにスマホを横置きする。臆面もなく、スマホゲームを開始したようだ。

待ちの姿勢に入ったということは、九暮のチーム全体にその指示が出たということだろう。優羽もおそらく、生徒会室にやってくるはずだ。それが推察できたのはいい。

だが、ゲームは、おまえ……完全な校則違反だ。俺の目の前でこのやろう。

無表情でピコピコやりやがって。俺の背がもう少し低かったら、下着が丸見えだぞ。

「見たければ見ろ」

なぜそんな視線の動きだけ察する。

優羽以外の下着に誰が興味など持つか。なんだそのねちょりとした新種の薄笑いは？

なぜ俺はなんとなく負けた気になっているんだ。むしろ本当に見てやろうか。興味などないぞ断じて。ただそんな男をからかうビッチ的優越感をむやみに振り回されるのは不愉快だからしていざまじまじと覗《のぞ》き見てやりキャアなどとかわいく悲鳴をあげた日にはそれはもう語彙の限りを尽くしてからかってからかって、俺は何を考えているんだ。

何事もなかったかのように椅子に座る俺をよそに、メジーナがふわふわ漂っていく。

長机の下にもぐりこみ——九暮の横からひょこりと顔を出した。それはそれは、もはや幻想的ともいえる厳かな空気をまとった神々しい微笑みとともに。

「ピンクのしましまですわ」

こいつマジで。

聞こえていない。聞こえていない。俺にはメジーナの声は聞き取れないのだ。

『ぴんくのしましまですわ』

ここへきて筆談だとッ……！　どこから出したそのでかいスケッチブックは!?

反射的に顔をそむけた一瞬、九暮と目が合った気がした。

いや——まさかな。

この小娘が取り立てて理由もなく、俺のほうを見ているわけもない。だが、なんだ？ わずかに頬《ほお》が赤らんでいるように見えるのは気のせいか。視線も、ゲーム画面の下らへんを、うろうろとさまよっているようだ。

恥ずかしがっているのか？

いやいやいや。こいつにそんな感情があるものか。さっきだって、自分から煽《あお》ってきたじゃないか。くしゃみをこらえているとかに違いない。

「メジーナ……今、学園に夢装少女《ファンタジスタ》は何人いるんだ？」

『しらんですわ』

流れのままに筆談で答えてくれたのはいいが、もうちょっと書きようはなかったのか。

現在、賀城さんたちは、意図的に戦力の振り分けを行っている。

行動が活性化してきた魔王たちの、同時出現を警戒しているのだ。

今日のこの措置も、優羽たちトリオの一人楓子が休みというだけでなく、最も強力な優羽・九暮というカードを予備兵力として残しておきたいからだろう。おそらく、他の夢装少女《ファンタジスタ》チームは、現出している魔王の討伐に全力を尽くしているはずだ。

思えばにわかに、校内が静かになった気がする。

『きてるのはたいしたまおーじゃありませんわ』

マジックペンを握り持って、いっしょけんめいスケッチブックに書きこむメジーナは、見ていて妙になごむ。読みづらいが。

『おーきゅーのおそらくみずけーですわたぶんさんちーむでむかってますからぼっこぼこですわところでクグレたんはきっとあいてにつくすたいぷですわ』

「そうか。……さて、次のテスト範囲でも見ておくかな」

『ふだんはいがみあうふたりでもふとしたしゅんかんにきもちをかよわせていちどもえあがるともうとまらないのですわ』

「おっと優羽からメールだ。『暇谷先生にお茶飲まされすぎてぽんぽんぺいんなのです』アホかあいつは……仲間が出撃してるときに」

『あいがめばえてからもひるまはおたがいすなおになれなくてしたくもないけんかをしてしまうでもそのぶんよるはとってもすなおに「緊急警戒。なにか来ますわ」

いきなり発声に切り替えたメジーナに、ビクッ、と九暮が背筋を伸ばす。

俺も思わず、眉をひそめてしまった。刹那、部屋がわずかに暗くなる。

窓の外を振り向くと、空間が黒く渦を巻いていた。

ハッと息を呑むいとまもなく、巨大な獣の四肢が現れる。次いで燃え盛る楕円形《だえんけい》の頭部が突き出され、こちらを覗きこむように咆哮《ほうこう》した。

魔王。

「ッチィ……！」

「佐々森うおっ⁉」

思いきり突き飛ばされ、俺はパイプ椅子から床に転がった。

窓を開けた九暮が、ためらうことなく飛び出してゆく。

近くの植樹を蹴りつけると同時、その姿が光に包まれた。変身——そしてなるほど、ピンクのしましま。なるほど。

「屋上へ向かいましたわね。正しい判断ですわクグレたん」

メジーナの言葉にかぶさるように、遅きに失したチャイムが再び鳴り渡る。

さらに、放送用マイクのスイッチが入る音がした。

『緊急。緊急。こちら夢装理事、賀城だ。校内に魔王が出現した。繰り返す、校内に王級魔王が出現した。一般生徒はグラウンド、及び教室棟からただちに離れろ』

冷静で適切な誘導だが、声にはやはり焦りがにじんでいる。

前々からの懸念、魔王の学園襲撃という事態が現実になってしまったからか。

あるいは——

「メジーナ！　校舎内に他の夢装少女《ファンタジスタ》は⁉」

「何言ってますのミズト。愛《いと》しのユーハたんがいるじゃありませんか」

そう、ぽんぽんぺいんのな。

賀城さんが余力として備えた二人のうち、一人が今使いものにならないとしたら。

「いたしかたないか……！」

「あやーん、ミズトったら〜」

生徒会室であるのをいいことに、制服のズボンを脱ぐ。トランクスもだ。メジーナの目など気にしてはいられない。

九暮《あいつ》め……とっさに、俺をかばっただと？

夢装少女《ファンタジスタ》としての義務感からだろうが、動機はなんでもいい。ともかくも俺を突き飛ばし、魔王の視界から消して、万が一にも自分以外が夢を狙われないようにしたんだ。

通学鞄《かばん》に取り付けた隠しポケットから、女性用下着を取り出して身に着ける。

再び学生ズボンをはき、俺はまなざしを改めた。

「いくぞ」

「さすがはミズト！　超カッコいいのに超カッコ悪いですわ！」

やかましい。

屋上にたどり着くまでの間、他の生徒には出会わなかった。

九暮を追って魔王が上昇するのを見、居残っていた者たちは下へと逃げたのだろう。さすがに学園生《がくえんせい》、迅速だ。

夢装少女《ファンタジスタ》が何人かでも残っていて、共闘してくれていれば何よりだが――

『我は！　熾火《おきび》の王！』

昇降口から覗いた屋上には、大と小、ふたつの影しかない。

そして異世界の魔王という存在は、決まって似たような口上をほざくものだ。

メジーナいわく、魔王たちはこの世界との繋《つな》がりを作るため、自らの存在をこちらの世界の概念で【翻訳】するという。最初に述べる長ゼリフは、その成果を世界に対して報告しているようなもので、それによって現世における存在を確定させるらしい。

わかりやすくて助かるのは、元の世界での強さによって表現が変わること。

強さの基準こそいろいろだが、こちらの常識での危険度が高い順に【神】【帝《みかど》】【王】と名乗りが変化する。

おかげで王級魔王などというまぬけな呼びかたになってしまうが、対応戦力の目安がつけやすい。自分から「俺はこのぐらいの力で倒せるぞ！」と宣言するようなものなのに、それをやらないと現世に来れないというわけだから、魔王もなかなか哀《かな》しいやつらだ。

現れるのは、たいていが【王】。

【帝】ですら滅多《めった》におらず、【神】が来たことは五年間で二度しかない。

世間一般には、どこかコミカルに報道されることも多い魔王どもだが、【帝】は立派なバケモノ、【神】に至ってはただの災厄といえる。

賀城さんは、夢装少女《ファンタジスタ》を支援する学園システムを「本当に夢を渡してはいけない相手に渡さないためのもの」だと、いつか言っていたが――

『万物事象の根源たる炎、その興りを司《つかさど》る！』

まずはこの、屋上の中央に陣取った、異形の怪物をどうにかしないとな。

ライオンじみた体つきに、火の玉がそのままくっついているような顔。鼻も口もあるのかないのかわからず、ただ目のあたりだけぼんやりと影が走っていた。

長いしっぽの先端についた謎の刃が、ひゅんひゅんと振り回される。なんだあれ？

『我は魔王！　強き存在《もの》！　畏れられし存在！　貴様らの「夢」を奪い、我がものとし、世界に君臨してくれようと考えたまではよかったというのに！』

はいいつもの。

『この「トリマー」なる夢は！　いったい何なのだあああああッ！』

ああ。しっぽのあれはカミソリか何かか。

道理でライオンの胴体も、妙にきれいな毛並みに刈りそろえられているわけだ。ばっちり夢の力を活用できてるじゃないか。いったい何の文句が。

『我は魔王ぞ！　気高きものぞ！　我がなぜ、手下として使役しておる魔獣どものふさふさな体毛を見て、手入れせずにはいられない激しい情動を覚えねばならぬのだ！』

……なるほど。哀切。

『こんな夢はいらぬ！　違う夢をよこせえ！』

「黙れ」

魔王の前にわだかまる、小さな宵闇がささやくように告げる。うめきにも似た小声であるのに、なぜかはっきりと耳に通った。

そうか。

なんとなく頭によぎっただけだが、なるほど確かに『宵闇』か。

濃い紫色の、すその長いローブ。フードまで目深にかぶった姿は、深淵《しんえん》の入り口にたたずむ闇への水先案内人のようにも思える。

じわりとにじむような存在感。それは決して朧気《おぼろげ》ではなく、内に秘め損ねたエネルギーが燐光《りんこう》の尾を引いて溢れ出ているほどだ。夢装のパワーは学園トップクラス。斜めに伸びた無骨な大鎌が、安穏とした世界との境界線を確かに示していた。

A級夢装少女《ファンタジスタ》、佐々森九暮。

俺は魔王の視線から逃れ、昇降口からこっそり給水塔の裏に回った。ひよひよのんきに飛んでいたメジーナを小脇に抱え、物陰から屋上を覗きこむ。

「九暮の……あの大鎌の特性。この状況でも、活《い》きるものなのか？」

「さあ、どうでしょう」

「難しいか」

「ソロ狩りでは、クグレたん本人が動けなくなった時点で、手の打ちようがなくなりますからねえ」

「ソロ狩り言うな」

再びの咆哮とともに、魔王の炎が増大した。

ゆっくりと、まるで風に舞う木の葉のように緩慢な速度で、火焔《かえん》のかたまりがいくつも放られる。

ぼふんっ、ばふんっ、と着弾する炎を、九暮が思いのほかに軽やかなステップでかわして――目にもとまらぬ速度で襲い来たカミソリを、大鎌の柄でなんとか防いだ。

速度差の大きさな、二種類の攻撃。

さすがに、異世界では手下を従える魔王として、君臨しているだけはある。厄介そうだが、それでも九暮の攻撃は並大抵の威力ではない。

当たりさえすれば、と思った矢先、九暮がカミソリの隙を縫って魔王に肉薄する。

「ッおおおお」

重い気合いとともに振り抜かれた刃が、魔王の振るう爪を弾《はじ》き飛ばした。

ぐるるる、とうめいた魔王が後退する。

押している様子ではあるが、やはり違う。あんなものではない。

「威力全開なら、今のでケリがついてたんじゃないか」

「ですわね。やはり、動けなくなる事態だけは避けようと、だいぶ軽めのバランスを保っている様子ですわ」

「しのぎきれそうか？」

「この魔王も、別段大した力ではありません。それでも、一撃で葬れるほどの威力を乗せれば、懐に飛びこむなんて芸当はできないくらいヘビー級残念大鎌になりますわね」

「厄介すぎるな。まぁ、負けは……しないかもしれないが」

優羽にはもう、正体がばれた。

俺の気持ちまでは知られずにすんだし、秘密に協力してくれるとも約束した。だいぶ裏目に出ていたような気もするが、自ら言いふらすようなことは万が一にもすまい。

だがもし、九暮にまで知られたら。

近しい距離で戦うことで、正体に気づくようなヒントを与えてしまったら。

リスクが明確すぎる。そこまでしなければならない魔王か？　今に優羽や他の仲間が駆けつけて、討ち果たしてくれるのではないか？　メジーナの言うように大した魔王でもなさそうだ、普通に押し切ることも可能なんじゃないのか？

初めて優羽を助けに行ったときも、正体の露見を恐れ、似たようなことを考えていた。

……だったら。

「優羽の仲間は、俺の仲間だ！」

「いってらっしゃいまし～」

全身を包んだ白光が消え去るのも待たず、俺は給水塔を駆け上がる。

蒼穹《そうきゅう》を背負うように飛び上がり、まばたきほどの間に魔王の頭上をとった。

「……っ……!?」

勘よくこちらに気づいた九暮が、フードの下から驚愕《きょうがく》の表情を見せる。

悪いな。おまえは黄昏《たそがれ》騎士も嫌いなんだろう。だからこれは、援護じゃない。

あっというまに終わらせてやる。

「はあッ！」

抜き打ちに一閃《いっせん》、〈絶華千燕《ぜっかせんえん》〉を飛ばす。

勢いのままに回転する身体に逆らわず、剣の向きをコントロールして、もう一閃。

屋上の奥側に着地すると同時、横薙《な》ぎにもう一閃。

三発のエネルギー刃が、魔王の巨体を様々な角度から撃ち抜いた。

『ぐおおおおおおおっ⁉』

炎の飛沫《しぶき》をまき散らしながら、魔王が地響きを立てて横転する。物理的法則の外に存在している連中のはずなのに、音だけはやけに派手なものだな。

それだけに、身を起こされたのには意表をつかれた。

「む……⁉」

目を見張る俺の視線の先で、魔王が低いうなり声を響かせる。

浅かったか。あるいは予想以上に頑丈なモンスターか。ともかく、見誤った。

「手こずらせるじゃないか。もう一度」

『現れたな！　貴様が黄昏騎士か！』

「……なに⁉」

まっすぐに俺へと顔面を振り向けた魔王が、口もないくせにはっきりと嗤《わら》う。

『なるほどなあ！　うわさに聞いた通り、うまそうな力を備えた夢ではないか！』

「なにを、言って……」

『その夢、我によこすがよい！　きっと我は何倍も、万倍も強くなれる！』

魔王が見せる、得体の知れない態度。

とっさに俺がとった反応は、足を止めての『警戒』であり。

それと対照的だったのが、佐々森九暮ということだろう。

『においだけでも、おお、そそるにそそる！　いかなる味わいか想像もつかぬわ！　貴様の夢を我がものとすれば、複数の世界をこの手にすることも――』

ずん、という異質な響きが、魔王の口上を遮った。

大鎌を細い肩に担ぐように構え、九暮が魔王をにらみつけている。

隙だらけといえば隙だらけ、しかし必倒を期す捨て身の姿勢だ。血走った視線にうなり声を巻きつけ、つんのめるように一歩を進める。

ずん、とまた屋上のコンクリートが震えた。

「貴様の……相手はっ……九暮だ！」

『ぬ、ぬう……⁉』

こちらはこちらで得体の知れない迫力。

勢いづきかけていた魔王を気後れさせている。

そのまま、数秒。……十数秒。

九暮は動かない。魔王も動かない。

互いに額に汗しているようだ。魔王に発汗作用があるのか知らないが。

この距離から見て取っても、九暮の呼吸が荒いのはわかる。

剣の柄に手を掛けて、俺は少々迷った。何と呼びかけるべきかな。

「紫の、あなた」

で、いいだろう、もう。

「どうしたのですか？」

「……動けない。……鎌が重くて」

やはりか。

アホめ。同じ失敗を何度繰り返せば気がすむ？　まったく、感謝することだな。

い、い、い、い、いい、い、いい、い、い、い、い、い、い、い、い、い、い、い、い、い、いい、い、い、い、い、い、い
こうなることを完璧に想定していた、この俺に。

『な……なんじゃこやつ、ふははは。笑わせおって……、っ⁉』

魔王がこっちを振り返る。遅い。

九暮が構えを見せたときから、俺もまた同様に構えている。

鞘《さや》に納めた剣を腰だめに。そのまま居合いの、見様見真似《みようみまね》で――

「だッ！」

抜き払った剣気が光の渦を成し、魔王の巨体に襲いかかった。

じっくりためた、エネルギーのそのまま。

本来なら、黄昏騎士たる能力でもって刃にしたり、光球にしたり。技として完成させねばならないところを、あえて加工せず解き放つ。

ゆえに、攻撃力はないに等しい。

突風によく似たなにかとなって、魔王を強く押し、突き飛ばすだけだ。

『うぬっ、な、なっ……⁉』

とっさの抵抗を見せる魔王の四肢が、それでも屋上からはなれた。

よろめくように近づく巨軀《きよく》を、

「〈壱の型・崩刃《ほうじん》〉」

薄紫のエネルギーをまとって、死神の大鎌が待ち受ける。

見た目からしてただ事ではない。名前の中二病感もただ事ではないが。

『ま、待て──』

「つく、っら、っえええええ！」

『けぎょおおおおッ⁉』

小さな身体ごと投げ出すような一撃が、魔王を真一文字に両断した。

動きの大きな、またひどく鈍《にぶ》い斬撃。振り切った大鎌を戻すことにすら、無理が出てしまっているようだ。

だが、そんなことを気にする必要すらもない。

ただの一撃で光と化し、魔王が霧散していった。

去り際の口上を残すこともできない。これが他にはない、九暮の特性だ。条件さえそろったならば、王級魔王など相手にならない。

間近で見たのは初めてだが、本当にすさまじい攻撃力だな。

試練が欲しいとか言っていたのは、ひょっとしてアレか、どこまで倒せるか試してみたい的なチャレンジ精神か？　なかなか頼もしい夢じゃないか。

──夢。夢か。

聞き捨てならないことを言っていたな、さっきの魔王は。

「俺の、夢……？」

再び剣を鞘に納めながら、思わず独りごちた。

俺のことを知っていたのは、もういい。嫌だがもういい。

しかし、俺の夢が『うまそうだ』とは……？

魔王が俺の夢を吸収した場合、強い力を得られそうだということだろう。それは俺の知ったことじゃない。引っかかっているのは、もっと根本的な部分。

――きみには夢がないんだろう？　なら襲われまい
賀城さんに対してきっぱり断定した、俺の夢の在処《ありか》。

そんなものは、ないはずだ。生きる目的こそあれど、希望に満ちたドリーミングフューチャーなどない。

あの魔王には、何が見えていたというんだ？

俺の、夢だと……？

「た……たっ……」

間近で聞こえたうめくような声に、俺はギョッと身を強《こわ》ばらせた。

いつからそこにいたものか、九暮が俺を見上げている。

二歩ほども離れていない。ウルトラ至近距離。気づかなかった俺も俺だが、さすがに近すぎるだろう。何のつもりだ。いやそれよりも。

ばれる。

いやばれない。落ち着け。動揺するほうがまずい。

古坂水人は男で、黄昏騎士は女なんだ……！　近づかれないに越したことはなかったが、堂々と振る舞えばいい！

「……ふ。よけいな手出しでした、か、っな……!?」

さりげなく九暮をほめようとしたのだが、言葉をのどに引っかけてしまう。

大鎌を床に控えた九暮が、自らも屋上にひざまずいた。

深く頭《こうべ》を垂れたその角度は、もはやほとんど土下座せんばかりだ。

「黄昏騎士様……」

黄昏騎士。様。

様!?

「ずっとずっと、お近づきになる機会を望んでおりました……不躾《ぶしつけ》な振る舞いをおゆるしください」

「は……あ、いや……!?」

「貴女様《あなたさま》こそ……貴女様こそ、真の闇。現実の魔王。リアルなデビル」

「デビル!?」

「求めておりました。これは千載一遇の機。どうか……どうか」

フードを払い、顔を上げた九暮を、俺は二度見した。

こいつほんとに九暮か。

いや、九暮は九暮だ。

見開いた両目をうっとりと潤ませ、上気した頬《ほお》に呼吸まで上ずり、見たこともないほどキラキラした謎のオーラをまき散らしてはいるが。

「どうかこの愚かな佐々森九暮に、闇の試練をお与えください!!」

言動はいつも通り。何を言っているのかわからない。

まずもって、リアルなデビルってなんだ。

求めておりました、だと？　……俺を？　九暮が!?

「ど……どういうことでしょうか……」

演技ですらない素《す》の敬語でうめいてしまった俺を、九暮はまっすぐな瞳で見つめた。これもうばれるとかばれないとかの問題じゃないな。

「一目お姿を拝謁したときより、心に感じておりました。貴女様こそ、我が闇の真たる悠久の果てより時をまといし御方《おかた》」

「いや、わ、わかりません」

「黒に仕える紫として、身も心も捧《ささ》げる覚悟でございます」

「はあ……⁉」

「しかし、ああ、九暮は宵闇……」

まだ言うのかそれ。

「九暮は紫。黒にあらず。善と悪の狭間《はざま》で葛藤する存在……しかし黄昏《たそがれ》騎士様は、絶対なる破壊者！」

「破壊者」

「ザ・悪！」

「ザ」

「九暮も光の誘惑を振り切り、魂を闇に染め上げるのが夢なのです！　愚かな紫を、なにとぞお導きください……！」

「いや……俺、あの私、わりとあなたたちのこと助けてたと思うんですけど。悪……？」

顔を上げた九暮は、もう言っちゃうけどすこぶるかわいい笑顔でうなずいた。

「あれほどの暴虐的な力、悪しか、闇しか持ちえません！」

「それは偏見では」

「色だって、ああ、こんなにも黒！　もはや地獄の支配者ではありませんかっ……！」

ダメなときの優羽レベルだこの子。

相性もいいはずか。末永く仲良くな優羽。

「どうか、どうか試練を。いかなる艱難辛苦《かんなんしんく》にも耐えてみせます」

「そう……言われても」

「夢装少女《ファンタジスタ》としての己を鍛え、戦う努力は重ねて参りました。しかしこれ以上闇に近づかんとするは、すなわち生身の己を鍛えるより他ないと」

「生身って。あまり関係ないんじゃ――」

つと、給水塔に目がいった。

隠れていたメジーナが小さな両手をふりふり、なにやら俺にアピールしている。

よせ。誰かに見られたらどうする。なんだそのアクションは。なにかを持って……？

叩く？　いや、空手？　百裂拳《ひやくれつけん》？　まったくわからんぞ。

やがて業を煮やしたのか、メジーナがスケッチブックを取り出す。

『夢ケア』

……………。あー。

なるほど。

確かに「試練が欲しい」という言葉からは、繋がる。闇やら何やらはよくわからんとしても。いやしかし、いいのかこれ？　そういう、その、それでいいものなのか？

じゃあ、えー、と……。試練？　闇の？

「どんなのが試練だっていうんだ……？」

「ッ⁉　まさか……そんな。黄昏騎士様、まさか」

「え？」

「あの伝説の凶悪試練、ドゥン・ナヌガ・シレダンティンダンを！」

なんそれ。

「光栄でございます、よもやこの身に浴びる日が来ようとは」

「いやいやいや」

「いかようにも！　いかようにもどうぞ！」

その場に直立し、九暮は目を閉じる。じっと、一切動かない。

ドゥン・ナヌ……なんとかダンとか言われても。

いったい何を期待してるんだ、こいつは？　どういうことを想定して、この姿勢になっているのか。ちょっとその、なんだ、『キスして体勢』にも見えるぞ……

助けを求めてメジーナを見やる。

『ビンタで』

マジかおまえ。

それはどうなんだ。ダメだろ。でもそうか闇の試練。いや、闇ってそういうことか？

ビンタだぞ？　うわあわからん。もうわからなくなってきた。

じゃあ、アレだ。軽くだ。

「……えい」

ぱんッ
あ。

し、しまった。力加減を間違えた、けっこういい音がしてしまった。すまん。

うろたえる俺に、九暮は打たれた頬をなでた。

うっとりととろけるような視線で、俺のあごから鼻先あたりを幾度もなぞる。

「黄昏騎士様……おやさしい」

つくづくマジか。

「もっと自侭《じまま》に、九暮を物として扱ってくださって構いませんものを」

「するわけないでしょうそんなこと……」

「ッ！　まさか黄昏騎士様、ああっ、そのために……!?」

「はい？」

「あの伝説の極悪試練、ス・ルァケナーデ・SHOWがあとに控えていたから、ドゥン・ナヌガ・シレダダンダンはあっさり終わらせたのですね！」

「もう病気だろおまえ!?」

だめだ素が出た。

つか今絶対SHOWって言ったなこいつ。前の試練の名前も間違えてるし。

「ではすぐ準備をいたします！」

「やめて、ほんとやめて、ぇ準備って——」

一切のためらいなく、九暮が紫ローブを脱ぎ捨てた。下に着ていた黒ワンピースもだ。

唖然《あぜん》とする俺の前で這《は》いつくばり、下着姿の尻をこちらに向ける。

「いかようにも！」

何が起こっているのかわからない。

リアクションをとれないまま、今一度メジーナに助けを求める。

給水塔の上で、彼女は笑い転げていた。

いつもの厳かな所作すらどこへやら。というかその位置は九暮の視線上だぞ、どけ。向

こうへ行け。いややっぱり俺を置いて行かないでくれ。

こんな事態は、想定外にすぎる。

どうしろと。またビンタすればいいのか？　いや、するにしてもどこに？　……尻に？

闇の意味合いが違ってこないか、それは。

「く、九暮は……黄昏騎士様のようになりたいのです」

この凍るような空気にまったく不釣り合いな、『どきどき』と『もじもじ』の混ざった仕草で、九暮が肩越しにこちらを見る。

「あまりにも格好《かっこ》いいお姿。あまりにも格好いいお振る舞い。まさしく九暮の理想型」

「はあ」

「先ほどはつい、いいところを見せたいと思い、能力を暴走させてしまいましたが……」

おまえはいつもああだろう。……や、待てよ？

いつも俺が現れるからか、か、か!?

「魔王をものともしない攻撃力。近づけもしない異能力。ああ、黄昏騎士様はいったい、どれほどの闇を心にしまいこまれているのか……！」

「いや別にそんな」

「九暮も闇を、力を手に入れたい！　さぁどうか、どうかご遠慮なく！」

こ……こいつ……。なんだか、腹が立ってきたぞ。

コレをやってなれる存在だと思われてるのか、黄昏騎士は⁉

今、思い出したぞ。そうか、そうだな……『上から目線で屈辱的負荷』だったな。

俺は屈《かが》みこみ、右手を振り上げた。

お子様体形のくせをして、妙にふっくらと丸み豊かな腰つき。ぷりんと突き出された尻を包んでいるピンクのしましまパンティを、平手でぴしゃりと叩く。

「「あっ」」

吐息のような声をもらす九暮に、俺も思わずシンクロしてしまった。

や……やわらかい。

子を持つ親でもあるまいし、尻を平手打ちした経験などこれが初めてだが、こんなにもやわらかなものか。クソ生意気とはいえ、やはり女の子。幼児に思えるのも見た目だけのことか、肉付きとその質は大人への階段をしっかりとのぼりはじめている。

もう……一発。

「あうっ」

突き出された尻の肉が揺れる。

控えめなくびれの腰つきまでが、けなげに震えているようだった。さっきよりも痛かったのか。そうか。

もう一発。

「た……黄昏騎士様ぁ……！」

「私が闇、ですって……？」

「は、はい……」

「なにも、見えてはいませんね！」

「ひゃんっ」

ひときわ強く打ちつける。九暮は抵抗しない。

雪のように真っ白だった肌が叩かれ、その頰《ほお》と同じ色に染まってゆくにつれ、こらえきれない歓喜の声を甲高くつり上げてゆくばかりだ。

あの九暮が——いつもいつも、優羽と俺の間に立ち塞がった九暮が。

俺は優羽だけでいいというのに、本当に毎度、毎度毎度……、待てよ。

だからか？

「あなた、あの……桃色の夢装少女《ファンタジスタ》」

「えっ……？」

「本当は、あの者にこうされたいのですか？　それとも、あの者にこうしたいの？」

「ッ!?　そ、そんな、違っ……！」

「なにが闇の試練ですか。この変態め——ドMめっ！」

もはや平手打ちにためらいなどなかった。何度も何度も、九暮の鳴き声が響く。

優羽が光に思えてまぶしい、それはうそではないのだろう。

闇の強さの黄昏騎士《たそがれ》をうらやむ、それも本心ではあるのだろう。

自らを宵闇と分析し、あえてどちらにも寄らず、どちらからも虐げられる——俺が優羽に近づこうとするのも、まったく気に食わないわけだ。

ならば闇に落としてやれば、光に近づかなくなるんじゃないか？

笑いすぎたメジーナが呼吸困難になっているから、きっと間違っていないだろう！

「こうですか!?　こうですかっ!?　こんな小さな身体で、なんて図々《ずうずう》しい女かしら！」

「ひゃうっ、あうっ、も、申し訳ありません！　申し訳ありません！」

「闇へいらっしゃい！　堕《お》ちるべきは闇よ、光などあなたごときにはもったいない！　そうでしょう!?」

「お、おっしゃる通、ああっ！　い、痛い！　痛いです黄昏騎士様ぁ……！」

「痛くしている！　フン、小生意気な下着がじゃまですね。これも脱がして、いいや引きちぎって——」

昇降口が開くのを見た瞬間、俺の全神経が正常に戻った。

事の起こりは、魔王襲来。そもそも警報が出ていたのである。

立っていたのは、当然ながら、杖《つえ》を構えたピンクの夢装少女《ファンタジスタ》。

「ぽんぽん治りましたぁーっ！　遅くなってごめんね九暮ちゃん、さぁ魔王さんはどこですか⁉　魔王さんはっ……、あ、あれ？　水人くん――」

「風に吹かれてメジーナがどーん！　ですわ」

「わぷっ⁉」

給水塔から飛んだメジーナが、優羽の顔面にびたっと張りつく。

ナイスアクションとしか言いようがない。

「ちょ、ちょっとメジちゃん、どいて……！　く、九暮ちゃーんっ⁉」

優羽が屋上を見回したときには、すでに俺の姿はない。

あられもない姿の九暮が、びくんびくんしながら倒れているばかりである。慌てて駆け寄ってきた優羽に抱き起こされる彼女は、実に恍惚《こうこつ》ととろけた表情だった。

「九暮ちゃん、だ、大丈夫⁉　魔王は⁉」

「魔王……は、たお、した……」

「そ、そうなんだ。なんかおかしいなぁ、さっきここに水人く、っじゃなくてあの、黄昏騎士さんがいたような……？」

「優羽たん……優羽たん」

「な、なんです？」

「好き……」

「突然の告白⁉　わたしも九暮ちゃん大好きですーっ！」

よしよしぎゅー、とわけもわからず九暮を気遣う優羽を、俺は北側校舎の屋上から眺めた。

教室棟の隣にある建物。夢装少女《ファンタジスタ》の身体能力は強化されているとはいえ、よくあの一瞬でここまで移動できたものだ。人間の底力ってすごいな。

「バカか、私は……」

荒い呼吸を落ち着けながら、一人呟《つぶや》く。

九暮を闇に堕としてどうする。優羽の大事な仲間なんだぞ。

状況が状況だったとはいえ、もっとスマートな方法があっただろう。……あったか？

い、いや、あったはずだ。今はちょっと頭が回っていないけれど。

ついついペースに巻きこまれてしまった。

九暮、恐ろしい子。

「ごめんなさいユーハたん。メジーナ、風に吹かれてしまいましたわ……」

「う、うん、そーだね。メジちゃん飛んでるですもんね、風にも吹かれますよね！」

「ほんと、今までミズトに押し倒されてないのがふしぎなくらいチョロいですわね……」

一転してのんきな会話を尻目に、俺は屋上から逃げ出した。

三章 ✦ 彼は楓子《かえで こ》を識《し》るべく

不本意ながら、実感していることがある。

夢ケアの効果だ。

「よくやってくれているようだね、古坂《こさか》くん」

夢装《むそう》理事室の肘掛け椅子に座り、賀城《がじょう》さんがにこやかに微笑《ほほえ》む。

こういう普通の笑いかたもできるあたりが、老若男女の別なく人気の理由だろうか。

「ここ最近、柏衣《かしわい》トリオの活躍がめざましいよ」

「もともといちばん強いチームだったでしょう」

「輪を掛けて、だ。特に、柏衣優羽《ゆうは》と佐々森九暮《ささもりくぐれ》の存在感が光っている」

やはり賀城さん、よく見ている……。

あの二人に関しては、存在感どころではなく、実際に能力が底上げされているようだった。トリマー魔王のあとも、何度か魔王の襲撃はあったが、いずれも俺が――黄昏騎士が出番を迎えることなく片付いている。

手を出す隙も理由もないほど、優羽たちが圧勝しているのだ。

「メジーナが報告してくれたよ。柏衣くんと佐々森くんは、夢ケアの第一段階をクリアしているると。きみのおかげじゃあないか！」

「いや、まぁ……どうなんですかね……」

「謙遜することはない。さすが、女の子の扱いもお手の物かな？」

「やめてください」

むしろ己の未熟さを思い知らされるばかりだ。

「ごめんごめん、冗談だ。きみにまかせて正解だったと、安心しているのさ。あと一人、至堂《しどう》くんのことも頼むよ」

「……それなんですが」

「うん？　至堂くんは好みじゃないかい？」

「やめてくださいって。何なんですかそれ、どの方向に何をあおってるんですか」

「いや、私としては別に、夢ケアのためなら生徒同士がナニをアレしようとも、まったくかまわないから……」

ろくでもなさすぎる。一応は理事だろうあんた。

「二股以上はばれないようにやれよ？」

「やりませんっつーの。いえ、至堂の夢ケアはまぁやりますけど、あの指示はちょっと」

「うん？　ちょっと？」

「目的は達成されるのかもしれませんが、まずいのではないかと思ってます」

至堂楓子《かえでこ》：悪者に襲われているところを助けてもらう

特別指令書には、そうあった。

額面通りに受け取るなら、いわゆるケンカやカツアゲの現場だろう。チンピラか何かに俺が襲われ、そこを楓子に助けてもらう……

その時点でもだいぶアレだが、引っかかっているポイントはそこじゃない。

「至堂くんは確か、武道の家の娘さんだったはずだ」

賀城さんが椅子を回転させる。好きですねそれ。

「本人も段位持ち、道場で師範代をつとめる腕前だと聞く。チンピラの一人や二人や五人や一〇人、どうってことないんじゃないかね？」

「それも無茶《むちゃ》すぎる話だと思いますが、そうではなくて。仮にうまくいったとしても、利用したチンピラが逆恨みする可能性があります」

「ふむ」

「女性に叩きのめされたとなれば、なおのこと付け狙うようになるかもしれません。万が一のことがあっては、夢ケアどころの話ではなくなります」

「なるほど……確かにその通りだ！　私の考えが浅すぎたな。ありがとう古坂くん」

人気も出るというものだな、この人は。

そもそも俺が被害に遭いかねないという重要ポイントをスルーされている気がするが、あえては言わないこととしよう。

「しかしならば、役者《サクラ》を仕込もうか。古坂くんを傷つけることなく、至堂くんに後顧の憂いを残さない」

「俺の危険度には気づいてたんですね……。でも、そんなサクラ役がいますか？　見た目が悪そうじゃないといけないし。それに、夢ケアのことは知らなくていいと思いますが、場合によっては至堂の技を食らったりする可能性もあるってことですけど」

「まかせておいてくれ。見た目についても、知らないかな？　メジーナは外見を意のままに変化させる、幻術を使うことができるんだよ」

へえ！　それは知らなかった。飛んでる以外に土地神らしい部分があるとは。

ディスプレイを勝手にいじって録画アニメを見ていたメジーナが、

「えーっ」

珍しいくらいの不満顔で、笑顔の賀城さんを振り返る。

「トハル？　今、幻術とおっしゃって？　まさかあたくしにそういう期待をなさって？」

「なぁ、メジーナ。得意技なんだものね。久しぶりに妙技を見せておくれよ」

「やーですわよ！　あれはとっても疲れるんですの、とってもとっても疲れるんですの。トハルも知ってますでしょう？　あたくしいつも嫌がったじゃありませんか！」

「はっはっはっ、幻術を披露できるのがうれしいのかい？　かわいいなぁメジーナは」

「やーですわよ！　やーですわよやーですわよ、やりたくないですわやりたくないですわですわですわですわですわおらおらおらおら」

「こらこら、はしゃがないはしゃがない、あっはっはっはっ」

聞こえない、聞かせられないって、つらいな……

「あと……少し気になるのが」

にこやかな賀城さんのほっぺたに、己がおでこをねじりこむメジーナを眺めつつ、俺は呟いた。

「至堂は確かに武道の達人かもしれませんが、普段はむしろ物静かな人間です。柏衣のときも佐々森のときも、確かに奇抜な内容ではありましたが……至堂の夢ケアというには、今回のものはあまりにも」

「うん。それは私も気になっている」

「メジーナの指示そのままなんですか？」

「ああ。それに、ま、わからなくもないかなと」

「そうですかね」

「至堂くんの、夢装少女《ファンタジスタ》としての特性を考えてみるといい」

特性。確かに楓子にも、九暮のように固有の能力がある。

あるにはあるが、しかし。……いや。

なるほど？

「疑問かい？　それとも不満かい、古坂くん？」

「どれかと言われれば、まぁ、不安です」

「正直だね。ま、メジーナを信じるよりあるまいよ」

スケッチブックに『やだ』『ばか』『とはるのでぶ』など書き殴っている姿を見るに、とても手放しで信用できるとは思えない。

……夢ケア第二段階とやらは、絶対に他の人間に頼んでもらうとしよう。

✦　✦　✦

数日後の放課後。というかもう、夕暮れ時である。

ひとけのない公園のベンチに座り、俺はまもなくであろうタイミングを待っていた。

メジーナに調べてもらった楓子の帰宅ルート上に、この公園はある。

なにかしら事情がない限り、毎日通って帰っているということだ。ここで待ち、賀城さんが手配してくれているはずのニセチンピラに絡まれる。

段取り通りに進みさえすれば、九暮のときよりは楽かもしれなかった。

「……来たか」

近づいてくる人影をみとめ、俺は開いていた教科書を閉じる。いかなるときでも勉強の手は抜かない。優羽がテストで困ったとき、手助けできなくなってしまうからな。

楓子も、優羽の大切な仲間だ。

九暮と違って、トリオの良心でもある。うまく夢をケアしてやりたい——

街灯の光の下《もと》に現れたのは、身長二メートルを超える大巨漢でした。

「…………。あ……えっと……どうも」

筋骨隆々。スキンヘッドに黒ヒゲ。鋲《びょう》打ちベストにトゲ付き肩パッド。

チンピラにしては貫禄《かんろく》がありすぎる。

というか、世界観に大きな隔たりがある気がするが。

「賀城さんの、あのー、連絡の方ですか？」

返事がない。すでに幻覚化しているということだろう、それで声を出さないようにしている？　そう、なのか？　そうだよな。

もしも違っていて本物だったら、というのはあまり考えたくないタイプの想定外だぞ。あ。いや間違いない。彼が幻覚のチンピラだ。

なぜなら、近くの電柱の後ろに、見知った小さな影がある。

普段の三頭身《デフォルメ》ではなく力《リキ》の入りまくった神様《ほんき》モード、いつも以上にファンタジックな存在感でありながら、長い髪の毛はふわふわというよりざんばら、顔面の半分を占めるほどにカッ開《びら》かれた両目はガンギマリ級に血走り、獣の鉤爪《かぎづめ》のごとく構えられた両手から負のオーラを垂れ流すメジーナが――

「怖ぁ⁉」

なんだあれ怖すぎる。怨霊か。ついにアレか、悪口雑言のバチでタ●リ神になったか。

いや。幻覚は疲れる、って言ってたな。

それで本気モードか……しかもあんな、いろいろと振り絞るほどに。

「大変なんだな、土地神も」

俺の呟きと同時、公園のフェンスの向こうにこれまた見知った人影が現れた。

完璧に着こなされた制服。整った髪に、この距離を挟んでもわかる落ち着いた表情。

よし、確かに至堂楓子だ――っうお。

「あっ……そ、そう、ですよね。はいですよね」

いきなり巨漢に胸ぐらをつかまれ、比喩抜きでびびってしまった。

考えてみればまったく予定通りだ。幻覚なのに触れ合えるあたり、意外にもメジーナの能力の高さが発揮されているが、それもひとまず置いといて。

いまだ、巨漢は声を出さない。演技は俺の役、ということか？

いたしかたなかろう。黄昏《たそがれ》騎士で、慣れてきたことでもある。

「う、うわあー。やめてくれー」

お金を取られようとしている。俺はお金をとられようとしているのだ。

「お金は持っていないー。俺の財布には一万円札も、五千円札も入っていないぞー。千円札は、あったかなー。五百円玉はあったりなかったりー」

なんとかわいそうな男だ、俺は。なけなしのお金を奪われようとしている。

誰でも助けたくなるに違いない――、！　楓子が足を止めた。明らかに俺を見ている。

さあ助けに来い至堂流師範代。

どんな夢ケアになるのか見当もつかないが、そうだ、ポケットからケータイを取り出して。どこかへ電話をかけて。きびすを返して夜道を去ってゆく……って。

おい。

「う、うわあー、お金をとられるー。百円玉はあるに違いないー。とられてしまうー」

追撃の声もむなしく、楓子の姿が見えなくなる。

バカな。

巨漢が俺の胸ぐらをはなした。しばし、物言いたげな視線で見つめ合う。

――どういうことだろう？

「こらあーッ！」

びくっ、と巨漢が筋肉を震わせた。

夜闇にもふしぎと溶けこまない、青い制服を着た男性が、怒りもあらわに走ってくる。

警察官。まさか。

楓子は一一〇番していたのか⁉

「何をしとるかあ、そこのデカブツー！　この街の平和をなんとしてでも守るっ、その使命に突き動かされて本官が逮捕してくれるぞお！」

かたくなに無言のまま、巨漢が逃走した。

いやまぁ、これは逃げるかな。仮に悪いことをしてなくても。

待てえい、と偏った気合いをまき散らしながら、警官が巨漢を追ってゆく。

すなわち、俺は助かった。……助かってしまったぞ？

「夢ケア……達成じゃない、よな？」

「当たり前ですわ」

いつのまにかそばにいた神様《ほんき》メジーナが、ぜいぜいと息も荒くうめいた。怖い。

✦　✦　✦

翌日のこと。

朝の空気も清々《すがすが》しい、七時三〇分過ぎ。始業までもまだずいぶん時間があるこのタイミングで、俺は鳴扇《めいせん》学園の校門前にいる。

教職員、及び風紀委員と合同での、朝のあいさつ運動。

個人的には、あまり意味のある活動とは思わない。朝っぱらから名前も知らない赤の他人にあいさつされたところで、プラスになるかマイナスになるかは当人次第だろう。

しかし、この活動を中止するよう、俺が呼びかけたりすることはない。当然、参加をパスしたことも一度たりとてない。

朝一番から優羽に会える数少ない機会を、自らふいにしてなるものか。

「デコちゃんの特性は、はい」

いまだ登校する生徒も少ない時間帯。

俺の隣に並ぶ優羽が、こくこくこくと多めにうなずいた。

「他人から期待を受ければ受けるほど移動スピードが上がる特性、です」

「……だよな？　間違ってないよな」

「ですです。合ってます。どうしてですか？」

「いや、ただの確認だ」

期待。

至堂楓子の特殊能力において、キーとなるのが第三者だということ。それが彼女の、最大の特徴だろう。

夢装少女《ファンタジスタ》としての楓子は、チームにおける多くの戦いで『初撃』を担当する。それは彼女の戦闘スタイルが近接格闘であり、なおかつ誰にも負けないほどの、圧倒的なスピードを持っているからだ。移動も、攻撃も、すべてが速い。

なおかつ、他者に注目されることで、楓子はさらに速くなる。

まさに切り込み隊長たるにふさわしい、速度特化の戦士なのだ。

つまり。

賀城さんが言うように、今回の夢ケア——ピンチを楓子に助けてもらう、という内容が、彼女の特性に関わるものであるとしたら。俺はてっきり、『不良に絡まれてるけど武術のタツジン楓子パイセンが助けてくれるに違いない！』的なものだと思っていたわけで。

楓子の夢は、望みは、そうではないのか……？

「あっ。水人《みずと》くん！」

「ん？」

「デコちゃん、来ましたよ」

う。本当だ。うわさをすれば影というか。

まだまだ早い時間帯なのだが、至堂楓子が登校してきている。

当然のように乱れのない制服姿。ただ鞄《かばん》を持って歩いているだけなのに、なんというか、それだけで絵になる安定感だな。

「おはよう、生徒会長」

「おお、おはよう、至堂……」

正直若干、どういう顔をして会えばいいものか、俺は判断しかねていたんだが――普通だな。いや、少しばかり眉尻が下がっているか？

「昨日、公園にいただろう？」

と思うそばから直球か。

「大丈夫だったかい？」

「え……あ、ああ。大丈夫、とは」

「悪そうな大男に絡まれてるみたいだったから。すぐ通報しておいたんだけど、おかしな目に遭ったりしなかったかい？」

「ああ。大丈夫だ。お金を……とろうとしてきたみたいだったが」

どうしても微妙になる言い回しを、やっぱり、と楓子は流してくれた。

「そんな感じだとは思ったよ。無事だったなら、本当によかった」

「通報、してくれたんだな。ありがとう……」

「ううん。ごめんね、本当は割って入ればよかったんだけど、絶対に助けられるとは言えないし。ボクが人を呼ぶよりも、通報のほうが早いと思って」

……まとも、だ……。

涙が出るほどまともな女だ、楓子。

「すぐに警官が来てくれたよ。助かった」

「水人くん、なにかあったんですかっ⁉　通報とは⁉　とは⁉」

「至堂がなにか気にする必要はない。すべてあのトゲ付き肩パッドが悪いんだ」

「トゲ付き⁉」

声でも身体でもわたわたと暴れる優羽を、いったん完全に放置する。

楓子は笑って、ぽんぽんと俺の肩を叩《たた》いた。

「大事な会長の身なんだから、夜道の一人歩きはやめたほうがいいね。今度は魔王に襲われても知らないよ？」

「また至堂に助けられそうだな」

「はは、いいとも、そのときはまかせておいてよ！」

笑顔で去ってゆくしとやかな背中を眺め、ふむ、と俺はあごに手を当てた。

「さすが……武道経験も実戦経験も積んでるだけあるな。不必要な危険は冒さないか」

「水人くん！　水人くん！　魔王からはわたしが守りますよ！　水人くーん！」

「となると……なるほど。そういうことか。わかったぞ優羽」

「水人くんっ⁉　な、なにがわかったのでしょう⁉」

今にして思えば、優羽の夢ケアは極めて簡単だった。

いまだにあれが、具体的にどういう効果をもたらしたのかはわからない。それでも優羽と九暮のパフォーマンスが向上している。メジーナの情報の正しさは証明された。

楓子に対しても、ねばってやってみよう。

「優羽。なにか、こう……希望があったりしないか？」

「き、希望？　明日への？」

「それも大事だが。賀城さんから、優羽たちがとてもがんばっていると聞いたからな。俺にできることや手伝えることで、リクエストがあれば聞くぞ」

「えっ、おおっ、そ、そんな急に！　なんでしょう、どうしましょう、あわわわ」

「宿題かわりにやるとか、テスト範囲を教えるとか、逆上がりの練習に付き合うとか」

「水人くんの中のわたしが小学生で止まってる感⁉」

「ということは、逆上がりできるようになったのか」

おはようございまーす、と徐々に増えてきた登校学生たちに愛想を振りまく優羽。

まだできないようだ。だがそこがいい。


その日の放課後。昨日と同じ公園。

俺はひとつの仮説を実行に移そうとしていた。

「絶対に助けられるとは言えない。至堂はそう言っていた」

公園のまんなかで腕を組み、俺は自らうなずきつつ語る。

昨日よりは、いくぶん早い時間。週末にもかかわらず、すでに楓子が帰路についたという情報をキャッチし、余裕をもって待機しているのである。

「なるほど考えてみれば、昨日の幻覚はたいへんな巨漢。戦いにおいては単純な質量、体重がいちばんの脅威とも聞く。いかな至堂が武道に優れていても、いいや優れているからこそ、俺の安全にとってより確実な手段を選ぶのは当然だ」

なので、と俺は目の前の人影に会釈する。

「二度手間ですみませんが、その外見でもう一度よろしくお願いします」

こくりとうなずいてくれる彼は、不良っぽい？　少年。

容積的には、昨日の巨漢の四分の一程度だろうか。確かに金髪で、だぼっとしたデザインの服装ではあるが、俺よりも背が低い。体つきもひょろひょろしている。

正直、いささか極端なのではないか――などという意見は口に出すこともできない。

なぜならメジーナが怖すぎるから。

昨日より状態が悪化していた。眼球の充血はひどくなり、突き出された両手は常に震えている。口の端からはよだれが垂れ、心なしか髪からもつやが失われているような。

なんだかんだ、賀城十春《とはる》の頼みだから、とがんばっているのだろう。

幻覚を工夫しろ、なんてうっかり言おうものなら、たぶん祟《たた》られる。

「そろそろ至堂、来ますかね……」

今度は不良の反応がない。中の人の年齢もわからないものだから、どう話しかけたものかも迷う。

賀城さんに聞いておくべきだったか。それも少しおかしな話だが。

と。何の前触れもなく、いきなり不良に胸ぐらをつかまれる。

「うわっとっ……、おお」

驚いたが、すでに楓子が現れていた。昨日と同じ様子で、公園に近づいてくる。

振り向きもせずに気づいたのか、この不良《ひと》。すごいな。さすが賀城さんの手配、きっとなにかの手練《てだ》れなんだろう。

ともあれ。

「う、うわあー。はなしてくれー。お金ならないぞー」

昨日と同じく、また演技をはじめる。……なぜだろうか。

メジーナの眉間に寄ったしわが、めきめきと深まったように見えるのは。

気のせいかな。だがこの距離でも感じ取れる。俺がすごいのか、しわがすごいのか。

「——ぅえっ⁉」

思わず、まぬけに叫んでしまった。

楓子がもう背中を向けている。

どうしてだ。昨日より判断が早い。公園までたどり着いてすらいないぞ。不良は格段に弱そうなのに。なんなら楓子のほうが体格もいいくらいだ。

「こらあーッ！」

びくっ、と不良が震え、脱兎《だつと》のごとく逃げ出す。

昨日と同じおまわりさんが、猛ダッシュであとを追っていった。襲われていた人間が、二日連続だということには気づかなかったようだ。

ふらりふらりと飛んできたメジーナが、俺の頭にちからなく着地する。

よほど精根尽き果てたようだ。神様モードもすでに解除し、疲労困憊の有様である。

「ミスト……あなた、もう少し、演技というものを……お勉強あそばせ」

「そんなことよりメジーナ。おまえの夢ケア指示、本当に確かなのか？」

「そんなことよりですってえええぇぇぇ」

「すまなかった……」

俺の何が悪かったのかわからないが、どんなゴロツキより今のメジーナのほうが怖い。

しかしだ。

「不可解ではある。あの至堂の態度。なんというか、『助けられないわけじゃない』というような……もともとその気がない、というふうに見えるな」

「それはそうでしょうよ……」

「どういうことだ？」

「あたくしは絶対に、夢装少女《ファンタジスタ》の『夢』を自ら口に出しはしませんわ……たとえそれが、本人しかいない場所でも。最初にそう約束していますでしょ」

夢装少女《ファンタジスタ》の契約、のことか。

確かにそんなことを言われた気がするな。俺に夢などないから、聞き流していたが。

——そう、だ。

俺に夢なんて、ないはずなんだよ。

「明日、デコたんを尾行なさいな、ミズト」

「……え、ああ。……えっ？　尾行、な、なんでだ？」

「一発でわかるからですわよ。デコたんの夢が」

そういうことを教えるのはアリなのか。

まぁ、もう幻覚はこりごりなんだろうな……これほど弱っているメジーナも珍しい。

女の子を尾行、か。

「少し、ドキドキするな」

「何かおっしゃいまして？」

「みんなの夢を守るぞ、と言ったんだ」

✦　✦　✦

翌日、土曜日。

鳴扇学園のある学区内から、電車で何駅か飛び出した、とある大きな街で。

「ほぉー……」

感嘆とも何とも、自分ですら判断のつかないため息が、俺の口からこぼれた。目の前。繁華街の中にあるビル、その一階フロアをほぼ占拠しているショップ。窓や壁一面に、『キラキラ』としか形容の方法がないポスターが、比喩抜きで一分の隙もなく貼り尽くされている。写っているのは弾ける笑顔、これまたキラキラな衣装、大げさな動きのポーズ——ありとあらゆる手段で飾られた、年若い女の子たち。

俗に言う、アイドル専門ショップ。

邪魔を承知で正面に立つ俺の前で、自動ドアが左右に開いた。

ありがとうございました〜、の声を背に店から出てきた女性が、ギョッと足を止める。

「つか……会長⁉　あ、いや、古坂くん……⁉」

「こんにちは、至堂」

「こ、こんにちは。え、な、なんで……こんなところに」

「遊びに来ていたんだ。たまたま至堂が、この店に入っていくのが見えてな」

うそである。自然に聞こえたはずだ。やはり俺の演技力に問題はないではないか。

ぐぐ、と珍しい声をもらす楓子は、いつにも増して落ち着いた装いだ。

白い縁取りのついた、水色のワンピース。腰をベルトで締めているので、ツーピースにも見える。細身《スキニー》のジーンズを合わせているあたりに活発さの片鱗《へんりん》もうかがえはするが、浅黄色のカーディガンを羽織って淑と立つ姿は、いかにも良家のお嬢様である。

少なくとも、女性アイドルショップから、商品の詰めこまれたビニール袋を抱えて出てくる人間には見えない。

「うー……、やれやれ。ばれちゃったなら、もう……しかたないね」

ため息まじりに、楓子が笑った。

Festa

さすがに大人のリアクションではある。

こっち、とうながされて移動した先は、噴水のある大きな公園だった。

休日ということもあって人出は多く、出店なども見える。俺が一人で来ていたとしたら、さぞかし浮いて見えたことだろう。

ちなみにメジーナは来ていない。いつもいつでも俺たちにかかりきりになっているわけにもいかないというか、今日ばかりは学校にあるパワースポットで死んでいるらしい。

運よく空いていたベンチにひざをそろえて座り、楓子は小さく肩をすくめた。

「アイドルになりたいんだよ。それがボクの夢」

「……い……いきなりだな？　そんなこと聞き出すつもり、なかったんだぞ」

半分本当である。

半分は期待していたから、わざわざショップの前で待ち受けていたわけだが。

俺が見当を付けられるだけでもよかった。

いやでも、アイドル好き、程度までしか考えられなかったかもな――まさかなりたいだとは。夢を前提に考えたとしても、楓子からはなかなか繋げられない。

「イメージじゃないでしょ？」

「まぁ、正直。あ、いや、見た目の話じゃないぞ！　至堂はなんというか、今とか本当、深窓の令嬢って感じだからな。キラキラビカビカとはタイプが違うと思っただけで」

「ふふ。ありがとう。さすがに言葉選びが上手だけど、要は地味なのさ、ボクは」

「地味？」

「性格なんだよね。出るべきところで前へ出られないというか。ボクのそういうとこ、気づいてなかった？　自分じゃとってもコンプレックスなんだよ」

地味。なるほど。

落ち着いている、早熟だとばかり思っていたが。本人的には、そうなのか。地味か。

なるほど――

「今ものすごくなるほどって思ってるね？」

「!?　い、いや、思ってないぞ！」

「古坂くんは優秀なくせに、うそが下手だから憎めないよね」

「いやいやいやまさか」

確かに、人生最大であろううそをひた隠すため、他がおろそかになっている可能性は否めない。

ベンチの前で右往左往する俺を、楓子はふくれっつらで見上げた。

「誰にも言わないでよね。これでもボク、がんばって秘密にしてきたんだから」

「言わない。誓おう。優羽にだって言わない」

「……なんてね。うそだよ」

「え？」

「言わないでほしいのは本当だけど、ただのわがままさ。だって、本気でアイドルになろうって思ってる人間が、人に知られたくないなんて……普通ないでしょ？」

「あー……」

「こういうとこなんだよ。昔からさ。恥ずかしがりだねって言われてたからそのつもりでいたけど、大きくなるにつれて、それどころじゃないんじゃないかって。授業参観でも、自分から手を挙げたことがない。席替えは本気でいちばん後ろ狙い。徒競走ではほどよく手を抜いて二位になる……リレーじゃできないからね。選ばれないように必死さ」

やれやれ、と肩を落とす楓子の気持ちが、俺には少しわかる気がした。

やりたいことははっきりしている。

そのはずなのに、実際の行動では逆を向いてしまう。

大なり小なり、人とはそういうものだ。たいていは気にしてもしょうがない。

なにより、

「至堂は、しかし……夢装少女《ファンタジスタ》として、切り込み隊長を担っているだろう？」

「うん」

「立派にこなしているじゃないか。すさまじい注目が集まっているというのに」

「それは任務だからさ。一学生とはいえ、あれほどの扱いを受け、学園にも優遇されているわけだしね。ボクたち、学費タダだし」

「国も関わるプロジェクトなのだから、当然だ。中でも至堂たちは、学園のエースチームといえる三人じゃないか。実際、至堂はいつも堂々としている。キャーキャー言われているだろう、男女問わず。大人気だ」

「もろもろ不本意な部分もあるけど、ありがたいことだね……」

「それはもう、アイドルみたいなものじゃないか」

「違うよ！」

強い語調に、俺は口をつぐんだ。

ここで否定されるのも予想外だし、楓子がこれほど大きな声をだすこと自体、驚きだ。

自分自身でもそうだったのか、楓子は口元に手をやり、失礼、と呟いた。

「夢装少女《ファンタジスタ》としての注目は……ボク個人には、関係ない。そう思ってやっているんだよ。活躍できてよろこんだり、浮かれたことを考えちゃいけない。みんなの夢を守ること、そのことにただ真摯に向き合わなくちゃ」

「そ、そんなにかたく考えなくてもよくないか？　夢は夢だし、夢装少女《ファンタジスタ》は夢装少女《ファンタジスタ》でちゃんとやれば……」

「……会長。ボクの能力っていうか、特性、知ってるかな？」

他者の期待。優羽にも確かめたことだ。

うなずく俺に、楓子は自嘲するように笑った。

「アレに甘えてるんだ、ボクは」

「甘えてる？」

「夢装少女《ファンタジスタ》としての活動は、なによりも優先されなくちゃいけない。ボクはチームの先鋒《せんぽう》、決して怯《ひる》んじゃいけない役だ。だからしょうがない。できるだけ目立って、みんなの注目を浴びて、能力を強化しなくちゃ。これは任務なんだ……ってね」

「いや、そのことと――」

実際に人気なこととは別なのでは？

そう言いかけたが、途中で考え直した。

たとえ俺の見方が正しいとしても、それが楓子にとって意味あることとは限らない。

それに――夢はアイドル。夢ケアは、悪者に襲われているところを助けてもらう。どうにもこの二点が、繋《つな》がりそうで繋がらないように思えた。

違和感があるのはわかる。しかしその正体はいったい何だ？

どちらも期待を浴びる存在、という共通点まで明らかだというのに——

「……至堂」

「なんだい？」

「武道館に立ちたいのか？」

「ぶどう……あ、ああ。はは、やめておくれよ。あんなところに立たされちゃったら、恐れ多くて何もできなくなっちゃうさ」

ふむ。なるほど。今度こそ、なるほど。

彼女のマジメさ。優羽のそれとも別種の、大和撫子《なでしこ》的な奥ゆかしさ。

それがある意味、『夢』を妨げている、のか。難しいものだ。

「っはー！　しゃべったら、なんか汗かいちゃった。お化粧直してくるね」

「ああ……」

「荷物よろしく」

とことこと、トイレをさがして去ってゆく楓子。

確かになんだろうか、あれほどの美少女だというのに、公園にたむろするナンパ気質《かたぎ》の男どもがあまり視線を向けない。揺るぎないオーラを持ってもいるのに、どこかするりと景色に落ち着いてしまう——そういうところがあるようだ。

にしても、アイドルか。

いわゆる、自分にないものを求めるがゆえ、というタイプの夢なんだろうか？　もしかしたら彼女の生まれ、実家の家業も関係しているのかも……、いいや。そんな分析はよそう。いいじゃないか、アイドル！　俺は応援するぞ楓子よ。

その前に、利用させてもらうがな。

「——もしもし。賀城さんですか？　古坂です」

楓子の背中を見送りながら、俺はケータイの電話口で小さく笑った。

「今、椎柊《しいらぎ》駅前にいるんですけど。例の不良役の人とメジーナ、すぐこっちまで来てもらうことってできますか？」

『それはできないねえ。メジーナはともかく、私は今出張で北海道にいる』

「あ、そうなんですか。え？　それが——……、不良《チンピラ》の中の人、あんただったのかよ⁉」

『誰に向かってあんただのとほざくか貴様ァ⁉　マジメに仕事をこなしてるんだ私は！』

「いやいやいや教えといてくださいよ⁉　あまりにあまりすぎてびっくりしますって！」

ひとこともしゃべらなかったのは、中身が女性だったからか。

『ともかく無理だ！　……いや、待てよ？　理由はなんだ？』

「ええと……実は、至堂の夢ケアを進める方法を思いつきまして」

『ふむ。確実かね？』

「おそらくは」

『……わかった。なんとか手配しよう。きみが責任を取れる範囲で』

恐ろしいひとことを付け加えられてしまった気がするが、今回はまぁ、覚悟しよう。

もろもろの細かい打ち合わせをすませて、通話を終える。ちょうど楓子が戻ってきた。

「電話？」

「ああ。もうすんだ。さて、これからどうする？」

「えっ？　ぼ、ボクは帰るよ。買う物はもう買ったし」

「まぁそう言わないでくれ。予定があるなら無理にとは言わないが、お茶のひとつも飲ませずに帰すなという家訓でね」

無論、我が家はそこまで突飛じゃない。

こういうことを、優羽相手にでもさらりと言えるようになりたいものだが。

「……ふぅん？　……浮気？」

「は？」

おもしろそうに両目をまたたかせた楓子が、いいよ、とうなずいた。

「ボクの秘密を知られちゃったことだし。古坂くんの情報もさぐっちゃおうかな」

「俺に隠し事などないぞ」

「そうかい？　じゃ、優羽との出会いから教えてもらおうか」

「優羽との？　かまわないが、なぜそこで優羽が？」

「本気でばれてないと思ってるんだねぇ……」

ばれる？　なんだ？　よくはわからないが——一時間後に、という打ち合わせを、さっきの電話でしてしまった。

優羽との出会いを、一時間以内にまとめなければならないわけか。できるかな？

✦　✦　✦

きっかり一時間後、俺と楓子は喫茶店を出た。

「どうもごちそうさま……ふたつの意味で」

「？　ふたつ？」

「まさか一時間、ずっと語りっぱなしとは思わなかったよ……さすがだね」

楓子の笑顔に、どこかあきれと疲れがまざっているような気がする。

うーむ、やはり優羽の友人に満足してもらうには、話術が足りないか。もっと話の構成を考えなければな。

それはともかく。

「おっと」

店を出て少し歩いたところで、俺は立ち止まった。

「ケータイがないな。店に忘れてきたかもしれん、少し待っててくれるか？」

「あらら。はーい」

ふむ。さすが楓子、自然だ。

人通りの多い、商店街のアーケード。道の端に寄って待つその立ち姿は、百合《ゆり》の花の美しさすら宿している。

しかしやはり、先ほどの公園で感じたことと同じく――自らその華やかさを押しこめてしまっているような、閉じた気配を確かに感じた。

楓子をイメージしたならば、思い浮かぶカラーはもちろん、青。

けれど彼女はきっと、白たらんとしている。夢装少女《ファンタジスタ》時のトレードマークである超絶ミニスカ武闘着の水色ですら、楓子にとってはまぶしいのかもしれない。

でもな。だからといって、目立ってはいけないなどという道理はないんだ。

どんっ
と、意図したよりも強く、俺はタ、ー、ゲ、ッ、ト、に肩をぶつけた。

「あ、っと……すみません」

振り向いて適当に、まさしく適当に会釈する。

同じくこちらを向いたターゲット——あからさまに気の短そうな、ムキムキマッチョの角刈りにいさん氏が、何も言わずに俺の胸ぐらをつかんだ。

こいつ、だよな。うむ、間違いない。

アーケードの天井を支える鉄骨に引っかかって、白目をむきかけたメジーナが必死で幻術を使っている。相も変わらず恐ろしい。口の端で泡を吹いているのはマジですか。

「うわあー、す、すみませんー。ゆるしてくださいー」

演技を炸裂《さくれつ》させながら、俺は横目で楓子を見やった。

時計に視線を落としている彼女は、まだ事態に気づかない。

まだ。まだ。……よし、気づいた。

「ひええー、殴らないでくださーい」

「ええかげんにさらせよボケこらクソイキリが……」

なにやら天井から、聞いたこともないレベルのメジーナの声が降ってきたような気もするが、今はともかくとする。声の震えを演技する必要がなくなって、僥倖《ぎょうこう》と思おう。

周りが、徐々にざわつきはじめた。

それでいい。たくさん注目してくれたほうが望ましい。人の襟首を締め上げているマッチョの角刈りというだけで、野次馬《やじうま》が集まる条件は満たしているだろう。

楓子の戸惑いが伝わってくる。

まぬけな生徒会長を助けなければ。あいつ何回絡まれるんだ。警察に通報すべき。商店街の中だから、きっとすぐに駆けつけてくれる。でも間に合わないかも。いやしかし。

同時に。なあ。

少しだけ、考えているだろう？

今、俺のことを助ければ、昨日一昨日はいなかったギャラリーがいるということを。

「一発くらいなら、殴られてもいいんだがな……」

小声でささやくも、角刈り氏は反応しない。まさかまた中身は賀城さんなのか？

悪漢の暴挙に、立ち向かう。

この状況で声をあげただけでも、注目は確実だ。ましてや楓子ならば、群衆からのヒーロー扱いは必至。そのボルテージは、アイドルに対するそれと変わりあるまい。

生身の、至堂楓子として、視線を集めることができるんだ。

「デコたん早くデコたん早くデコたんデコたんはよはよはよはよはよ……」

天井からの呪詛《じゅそ》が急かしているが、そう簡単に思い切れることじゃないよな。

今までずっと、縁の下の力持ちに徹してきたんだから。

だが、今日はいい。

目立っていいんだ。夢に向かって一歩を踏み出せ。この角刈り氏には恨みもないけれど、これ以上この太い腕に力がこめられる前にやっちまえいや何してんすか角刈り氏？

「ちょ、ちょっと、うお、うおわわわわわわ」

服の襟元を引きちぎらんばかりに、角刈り氏が俺を前後に揺さぶる。いや振り回す。まるでバーテンダーのシェイカーにでもなった気分だぅおえ気持ち悪っ⁉

か、楓子ー！

やれ！　ためらうな！　目立っていい、いや目立て！　武術の腕をひけらかせ！　アイドルスマイルでぼっこぼこにしろ！　はよ！　はよー⁉

がっくんがっくんされる俺に、ギャラリーだけが盛り上がってゆく。

ええい、あおりが足りないか。舌噛《か》みそうだが、もう一度。

「おおおおお金はわわわぁももも持ってませえええええぃゴっ⁉――」

「待てッ！」

空気を断ち割るような一喝に、すべての視線が集中するのがわかった。

もちろん、想定通り舌に大ダメージを負った俺にじゃない。

荷物をちゃんと重ねて道の端に置き、覚悟を決めた表情の至堂楓子に——

「っ変！　身！」

……………あー。

そうなっちゃう、かー。

衆人環視の中、楓子の全身を白光が包みこむ。シルエットとなった彼女の肢体が、反り返るように躍動し——弾けた光の粒子とともに、夢装少女《ファンタジスタ》が顕現した。

重厚な手甲。頑強なブーツ。加えて超のつくミニスカ武闘着。

なびくマフラーは夢装エネルギーの結晶、脱いだらすごいボンキュッボン。

商店街に舞い降りる青い天使と化した楓子に、何十人ものギャラリーからどよもすような喝采があがった。

「彼を放すんだ！」

歯切れのよい口調。揺るぎないまなざし。確かに洗練された立ち居振る舞いまで。

すべてが格好良い楓子に、正直、俺も目を奪われてしまう。

あくまで無言のまま、角刈り氏が俺を放り出した。怒りを表すがごとく両手を振り上げ、楓子に向かって突進し――

「よしたまえ……！」

声が聞こえたと思った瞬間には、もう楓子の姿はそこにない。

優羽に勝るとも劣らない大きさの胸の前で腕を組んだまま、突っこんできた角刈り氏の背後へと回りこんでいる。……み、見えなかった。速すぎる。

これが本気か、至堂楓子。

「きみとボクとの戦力差は、もはや戦闘機とカニカマボコレベルだ。むやみに傷つけるつもりはない。黙って立ち去ってくれないか！」

かっこいー……

がおおお、とでも雄叫《おたけ》びをあげる勢いで、角刈り氏がなおも襲いかかる。しかしかたくななまでにしゃべらないな彼も。

野次馬のボルテージは、すでに爆上げ状態だ。

大立ちまわりに皆歓声をあげ、そして誰もが楓子を応援している。巨漢を翻弄する華奢《きやしや》な美少女。あまりの速度を目で追うことができず、ミニスカの翻《ひるがえ》りをしっかり凝視できないのが残念なところか。

けれど、ステージとしてはじゅうぶんだ。

「いたしかたない」

瞬間移動もかくやたる動きで角刈りアタックをかわし続けていた楓子が、足を止めた。今がチャンスと、角刈り氏が突撃する。どう考えてもチャンスではないのだが。

つかみかかってくるゴツゴツした両腕を、楓子は今度はゆっくりとかわした。静かに、それでも確かさを感じさせる動きで、敵の巨体にそっと手を触れ——

次の瞬間、角刈り氏は吹き飛ばされていた。

道の端までタイルの上をすべり、自動販売機に激突して動かなくなる。お、おいおい、大丈夫か。賀城さんの手配だし、平気だろうけど。

おおおおお、と野次馬が歓声をあげた。

最高潮だったボルテージが、さらに上がる。拍手が沸き起こる。口笛が飛び交う。「ただ者じゃないね」と静かに呟《つぶや》く老人が現れる。誰だ貴様。

渦の中心に立ったまま、楓子はわずかに戸惑ったようだった。

自分一人に注目している何十人もの群衆を見回して、えと、えと、と繰り返している。

笑顔を見せてやればいい。手でも振ってやればいい。

そっと輪から外れた俺を見て、楓子は意を決したようにうなずいた。

「み……皆さん、お騒がせしました！　ボクはあの、西のほうの、鳴扇学園の生徒です！

夢装少女《ファンタジスタ》してます、一所懸命皆さんの夢を守りますので！　よろしくお願いしまあす！」

再びの拍手。今度こそ笑顔で手を振る楓子。収まるところには収まったか。

変身するかな、とは正直、想定していないではなかった。

アイドルなんて夢は、楓子《じぶん》に不釣り合いなもの。

その感覚は、楓子にとってきっと、他人が思うよりずっと重たいものなのだろう。

夢装少女《ファンタジスタ》というステージで、擬似的な体験に浸ることにすら罪悪感を覚えるほどに。

それでも、事前に話したことが、少しは効いてくれたのかな？

夢装少女《ファンタジスタ》状態ならば、衆目を集めるもやむなし——変身した姿なら、思いきって目立つことができる。自分の特性に甘えていると、楓子が言っていた通りなのかもしれないが。

それでも、自らそれを選んだわけだ。

通報ではなく、自分の手で、実にかっこよく、俺を助けてくれた。

第一歩。焦ることはない。いつか武道館で歌って踊る、楓子《アイドル》を見れるかもしれないな。

「さて……角刈り氏は、と」

楓子はたぶん、あんなに派手に吹っ飛ばすつもりもなかったに違いない。夢装少女《ファンタジスタ》の身に積もった期待のエネルギーが想像以上で、軽く触れただけでもあれほどの結果になってしまったんだろう。

にしても、とてもいい仕事をしてくれた。最高の協力者を、俺は振り返る。

自販機に身をもたせかけ、柏衣優羽がエエ顔で倒れていた。

「ッッ……っ　ゆ　う　は　、っあ、ああ、あぁ、あ……ッ！」

絶叫しかけたのをどうにかこらえ、声を分散して拍手に紛らせる。

よたよたと駆け寄った俺に抱き起こされ、優羽はうっすらと目を開けた。

「あ……み、水人、くん。わたし……うまく、できました、か……？」

「な、なんで……なんで……!?」

「賀城、センセ、から……電話で。目的は、よく、わからないけど。作戦をうまくやれれば……水人くんと、デート、できるって」

デート!?

デートだと!?

ばかやろう、そんなものいくらでも行くに決まってるだろう！　どうしてこんな危険なまねをした！　責任とれる範囲ってこういうことか賀城！　ゆるさんぞ賀城！　賀城お！

胸の裡《うち》に渦巻く様々な想《おも》いを、

「いつ行く……!?」

ほんの四文字で表現した俺に、優羽はかすかな笑みを浮かべ、

「明日……っ」

絶対無理だろ、とつっこまざるをえないひとことを残し、がくりと天へ還《かえ》った。

四章 ✦ 彼は己を佑《たす》くべく

翌日、日曜日。優羽《ゆうは》はきっちりと復活した。

「本当にいいのか？　こんなところで……」

頬《ほお》をかきながら言う俺に、いいんですっ、と優羽が元気な笑顔を返す。

鳴扇《めいせん》学園の所在地である市は、中核市に指定されているほど大規模である。

学園のある街も、高層ビルが建ち並び、人口も多い大きな街だ。わりとなんでもそろうがゆえ、別の街にまでアイドルグッズを買いに走っていた楓子《かえでこ》の努力が、逆に偲《しの》ばれる。

魔王は『夢』を狙ってくる。

夢装少女《ファンタジスタ》は『夢』の力で戦う。

この二点から、『魔王は夢装少女《ファンタジスタ》のいる場所に現れる』という論説がほぼ確実視されている。実例の傾向を見ればより明らかだ、完全に鳴扇を中心とした円状に現れている。

当然、夢装少女《ファンタジスタ》を人里離れた場所に隔離する、という計画も検討された。

実行に移されなかった理由はふたつ。仮に夢装少女《ファンタジスタ》を山奥かどこかに集めたとして、たまたま魔王が街に現れたらそれだけで致命的な事態になること。そして、現状街中で交戦しているが、さしたる物理的被害が出ていないということ。

賀城《がじょう》さん的には、ふたつめの理由が気に入らないのだ。

夢を奪われるかもしれないという、潜在的危機を軽視しすぎていると。俺も同意見だ。

せめて鳴扇の高等部だけでも、自衛隊基地の中心に置く、くらいはしてもいいのではと思う——いや、それはそれで問題か。魔王に物理攻撃は極めて効きづらい。

ともあれ今も、鳴扇学園は市のどまんなかにあり、世間は穏やかに回っている。

それがすべてかもしれないなと、巨大なショッピングモールを見上げて考えた。

「確かに俺も、来るのは初めてだな」

視界を完全に覆うほどの規模。

高さはもちろん、横への広がりがすごい。首を巡らせても、建物の両端を視認するのが困難なほどだ。優羽風に言えば、でーんというか。のっぺりというか。のっぺでーんというか。なんにも伝わらないな。

学園から、ローカル電車で二駅ほど南に行けば、海がある。

ここはその海浜に建てられた、レジャー型ショッピングモールだ。

つまり、この太りきって動けなくなったカバみたいな建物の向こうが即、砂浜になっている。造るときには、景観を壊すやらなんやらで、だいぶもめたらしい。なるほど今いる入り口からだと、潮の香りがするだけで海はまったく見えない。

もっとも、海開きまでもまだ遠い時期。ビーチ目当ての家族連れなどは少なそうだ。サッカーコートがたくさん取れそうなほど広い駐車場も、さしたる埋まり具合ではないな。大丈夫なのかここ、経営的に。

「五階に、すっごく大きなゲーム売り場ができたそーなんです！」

優羽はただただうきうきと、なにやら左右にステップを踏んでいる。

「ゲームいっぱい、夢いっぱい！　明日への希望もいっぱいですよ！」

「そうか。なかなか安上がりだな。ま、今日は予算は気にせず、好きなだけ遊んで好きなゲームを買えばいいさ」

「ふお!?　そ……それは!?」

「気を遣うな、俺じゃない。心やさしいどこかの誰かさんが、全額払ってくれるとさ」

「に、にわかには信じがたいお言葉！　え、ほんとに!?　すごいですよ!?　どこかの誰かさんすごいですよーっ！」

昨日の埋め合わせ、ってのは最初にちゃんと伝えたんだけどな。

当然、払うのは賀城さんだ。すでに言質を録音済み。どんなに高いゲームでも、ひとつだけなら買っていいという。

もとより遠慮するつもりはない。責任もって、引率役を務めさせてもらおう。

うふー、と優羽が俺の顔を覗《のぞ》きこんでくる。ゲーム確約がよほどうれしいのか。

「水人《みずと》くんも、ゲーム買いますか？　なに買うですか？」

「俺は買わないぞ。スポンサーもそこまで出しちゃくれない」

「えっ？　そ、そーなんですか……」

「何度も言うが、気を遣うな。今日は優羽のための一日だ」

「は、はい。うーとあのなんてゆーか、水人くんも楽しそうに見えたので……メ●シヴィライ●ーションでも買うのかなーって」

それめちゃくちゃ高価《たか》いボードゲームだろ。買うか誰が。

浮かれているというのは、まったくの事実だがな。

高校生になった優羽と、丸一日、同じ場所ですごす。

今までにない機会だ。正直高揚している。（優羽の）ケガの功名というべきか、賀城さんに感謝してもいいかもしれないな。……いや、ない。それはない、やっぱり。

「五階だな？　じゃあ、行くか」

「あっ、その前に！　はい！　わたしからひとつ、ご提案があります！」

「ほう」

「四階に行きましょう！」

四階。一階下？　なんだろうか。

何がメインのフロアかすら知らないが、優羽が行きたいならそこでいい。

にっこり笑う彼女はもう、それはそれは天使の愛らしさで——

✦　✦　✦

まさか女性用下着売り場に連れてこられるとは、微塵《みじん》も思わなかった。

「おまえ……これはおまえ。おまえこれは、おまえ……」

「まあまあまあ」

「いや、別にいい、いいことはいい。じゃ、じゃあ、選んでるあいだ他を見とくから」

「誤解してます、水人くん」

「む？」

「わたしこないだ、こちらを見ましてですね」

優羽がスマホを差し出してくる。

画面には、ユーチューブが映っていた。相も変わらず魔王の襲撃、それに立ち向かう夢装少女《ファンタジスタ》たち――と、俺。ニュース映像じゃないな、素人《しろうと》が撮影・投稿したものだ。

ここです、と優羽が動画をストップする。

「水人くんの……じゃない、ごめんなさい。黄昏《たそがれ》騎士さんのスカートを盗撮してます」

「む。ついに撮られたか」

「はい、そのー、ぱ、ぱんつですね」

ごく最近の戦闘映像だな。だが抜かりはない。

停止された画面には、なるほど確かにほんのチラリと、黒スカートの下から白い布切れが覗いているようだった。コメント欄が実にフィーバーしている。

『黒子たん白！』『黒子たんは白！』『黒子なのに！』『姿は黒でも心は純白』『ふふ……恥ずかしながら……勃』『三億回ぬいた』『太ももに魅了されたのは俺だけか』

わたし、と優羽が顔を上げた。

なんとなくだが、そんなうるんだ瞳で見つめられるべきタイミングではない気がする。

「気づいたんです。これ見たとき、ピーンときたんです」

「俺が事前に、女性用下着にはきかえていたことにか？」

「それもそうですけど。水人くん、手段がなかったんだな、って」

優羽の指先が、黄昏騎士のスカートの下を、まったく臆面もなく指さした。

嫌な予感しかしない。

「だって水人くんが……あの完璧主義の水人くんが、黄昏騎士の下着に、こんな何の変哲もないことが逆にヘンテツになるような白の綿パンなんて絶対選ばない！　ですもん！」

「……。そ……れはだな……」

「なかったんですよね、買う手段が！　さすがの水人くんだって、ランジェリー売り場は抵抗ありますもんね！　だいじょーぶです！　わたしが協力しましょー！」

違うんだ。

だが言えない。これは、これだけは違うんだと、言える空気じゃない。

優羽の言う通り……俺だって、黄昏騎士に、この純白パンティが似合っているとは思わない。実際、いろいろデザインを調べた。たくさんの下着画像を見た。

そのことを、俺の口から優羽に説明するだと？

できるか。

おまけに凝った下着ではない理由が、単に高価《たか》すぎて手が出なかっただけだなどと！

「あと、ずっと気になってたんですけど、黄昏騎士さんってブラジャー着けてます？」

「着けてるわけないだろ」

そんなひまがあったためしなどない。

ダメですよー！　とむやみに力強く、優羽が俺の腕をとった。

「ちゃんと着けないと、かたちが崩れちゃいます！　この際ですから、かわいーの選んじゃいましょう！」

「いやおまえ、そ、そういう話題はおまえ、そのおまえ」

「いいんです！　今は女の子同士としておしゃべりしてるんです！」

「いやわかるけれども、でもさすがにちょっとそれは」

「先に試着室で変身しといてください！　うふふどんなのが似合うかなー！」

カーテンで仕切られた個室に叩《たた》きこまれ、数々のランジェリー類を放りこまれ、店員に怪訝《けげん》な目で見られるかと思いきやなぜかそうでもなく——

気がつけば、変身していた上、上半身をはだかにひんむかれていた。

「ふわあ……水人くん、きれー……」

「なんか、もう、今日、なんか、おまえすごいな」

「前にも思いましたけど、おっぱい大きいですねー……！」

だからそれは優羽のほうが大きい。

大きい、が。ふむ。

開き直ったわけではないが——なるほどやはり、美しい。

均整の取れたボディラインから、ぱんと張り出すやわらかな双丘。形崩れなどまったく想像もできない、芸術的ですらある丸みのラインがなまめかしい。

黒のスカートアーマー。表情を隠すペルソナ。それでいて胸周りの防御力ゼロ。

いささかニッチすぎるが、その手の性癖の者なら七転八倒しそうな艶姿《あですがた》といえよう。

「ハア、ハア、水人くん、せ、成長しましたねえ……！」

よもや優羽《こいつ》か、その手の性癖のやつは⁉

「お、おい、下着を選ぶだけだろ⁉　手つきが怪しいぞ！」

「だって、う、うらやましーです。こんなにお肌きれい。わあ、ち、乳首も……！」

「やめろ、見るな！　も、もむなっ⁉　そういうのはダメだろ！」

「いいじゃないですか、うふふ、いいじゃないですか。今は女の子同士ですよ！」

「お……女同士だっていうなら、私が優羽のを見ても」

「はい？」

「申し訳ありません」

なぜ俺だけがおもちゃにされねばならんのだ。

結局、しこたま触られたりいじられたり、とても下着のデザインを気にする余裕などなかった。なおかつ優羽が見出《みいだ》した逸品は、案の定値段的な意味でとても買えなかった。何の時間だったんだ――とまでは思わない。

こんな優羽も、俺は初めて見た。

「さー、では、五階に参りましょー！」

「つやつやしやがって……。おまえ、佐々森《ささもり》たちとも、こんな感じなのか？」

「デコちゃんにやると腕をねじられます！　九暮《くぐれ》ちゃんにはわたしがされてます！」

「勝ち点ゼロか」

よもやその八つ当たりじゃあるまいな。それならそれで、ま、構わないが。

今日は優羽の日だ。しかし同時に、俺は彼女を観察するつもりでもいる。

九暮に楓子と、夢ケアに比較的手間取った夢装少女《ファンタジスタ》の『夢』は、時間がかかったためかその内容まで知ることができた。楓子は向こうから教えてくれた上、九暮の夢の詳細は知りたいとも思わないが。

そこへきて優羽の夢ケアは、知らず知らずのうちにたまたま達成してしまったわけで。

結果的にはよかったとしても、彼女の夢だけは何なのかわからずじまいなのだ。

興味がある。とても興味がある。

いや、アレだ。どんな夢か把握できていれば、もしも今後また夢ケアをすることになった場合、スムーズに過程を想定できるかもしれない。だからだ。

もう引き受けないとか考えていた気もするが、まぁ遠い昔のことだな。

……聞けば案外、教えてくれるんじゃないか？　楓子みたいに。

「優羽」

「はいです！」

「優羽の『夢』って、どういうものなんだ？」

「秘密ですよ？」

即断。意外。語尾疑問系。教える気なし。

機嫌よくはしゃいでいた様子だったのに、少々声まで落としている。まったく完全な拒絶状態だ。はからずもちょっと怖い。謝ったほうがいいかな謝ろう。

「す、すまん。無理に聞くつもりはないぞ……ふと気になっただけで」

「ほんとですか。聞かないですか」

「聞かない聞かない。むしろそんなに言いたくないものだとは」

「そーゆーわけでもないです」

「うん？」

「今は絶対に教えませんけど、水人くんには、いつか教えられたらいいなと思ってます」

教えられたら、いい？　いつか？

どういう意味だ。どんな夢ならそうなるんだ。

エスカレーターで行きましょう！　とテンションを元に戻す優羽に従いながら、こっそり首をかしげた。

夢装少女《ファンタジスタ》の強さは、夢の内容に影響されない。

優羽は強力な夢装少女《ファンタジスタ》だが、夢が『戦闘的』とは限らないのだ。

たとえば、億万の金を稼いで、柏衣《かしわい》財閥を立ち上げるとか。ボクシングでチャンピオンになるとか。よりストレートに、世界征服するとか。

そんな夢でなく、南の島で静かに暮らすなどの夢でも、強力な夢装になりうる。

ただ、優羽の能力は守備的だ。

夢の内容が、夢装タイプに影響する可能性は考えられる。闇のどうたらを願う九暮が、必殺の大鎌を持つように。歌と踊りに憧れる楓子が、ミニスカート姿の偶像《アイドル》になるように。

守備的。支援、防御。……自衛隊？

「発想の貧困さはいかんともしがたいな、俺も」

「水人くん？　おもちゃ階ここですよ？」

「ああ……。久しぶりだな、優羽とこういうところに来るのは。昔はちょくちょく、ゲームさがしに付き合わされたもんだが」

「今日も昔といっしょですよ、水人くんに勝てそーなゲームをさがします！　水人くんの得意じゃなさそーなのを！」

「おいおい、俺に得意なゲームなんてないぞ？　不得意でも勝ってしまうだけで……」

「は、ハラタツこーゆーとこ！　メジちゃんぶつけんぞ！　絶対勝てるの見つけます！」

まぁ得意じゃなくても、死ぬほど練習するんだがな。優羽より上手《うま》くなるために。

——俺の『夢』は、もしかして、優羽の上に居続けることなのか？

いや……いやいや。いやいやいやいやいや。

さすがにそれはない、と思いたい。

自分の心は自分がいちばんわからない、などという話も確かに聞くけれども。そもそも俺が勉強をがんばろうと思ったのは、優羽のことが好きだったからだ。

小学生の優羽に宿題について質問されたとき、完璧な答えを教えたかったからだ。

スポーツをがんばろうと思ったのは、優羽が逆上がりに苦戦していたからだ。完璧に教えられるようになりたくて、なれたと同時に、俺はこの街から一度引っ越したんだ。

逆上がりを教え損ねたまま。優羽に好きだと言えないまま。

鳴扇学園中等部を受験してこの街に舞い戻り、丸四年が過ぎた今でも、言えないままでいる――

ふと気がつけば、ゲームの体験コーナーで、格ゲーとパズルゲーとシューティングで優羽を叩きのめしていた。

「勝てないですゆん！」

腰を落ち着けた、ビル上階のバーガーショップで。

結局何のゲームも買わなかった優羽が、がぶりとハンバーガーにかぶりついた。

「めっやあえあいえふゆん！　いうおうんめっやうおいえうゆん！　いうおーゆん！」

「急にどうした、語尾……セリフわからんのに、語尾だけ耳についてめんどくさいぞ」

「何をやっても勝てない世界なら、いっそ滅ぼしてしまいましょーか！」

「どういう発想だ。世界滅ぼせるやつには勝てんぞ俺は」

優羽がやれと言うなら、なんとかがんばってみるが。

顔のデッサンがゆがむレベルで食べ物を頬張《ほおば》り、優羽は幸せそうに笑う。食べているうちに感情が一転したようだ。簡単で助かる。

外から見た印象と裏腹に、ショッピングモール内部はそれなりににぎわっていた。

建物の様子からは想像もつかなかったが、造り自体がなかなか凝っている。各階の中央に洒落《しゃれ》た装いの巨大な吹き抜けがあるのは定番としても、アーチ状の階段の中ほどに店が出ていたり、床の一部がガラス張りだったりと、思いのほか目に楽しい。

バーガーショップは、特に位置が良いらしい。

店の入り口からはモールの吹き抜けが、奥の窓からは波の寄せる砂浜が、それぞれ望めるようになっていた。

「海にも、しばらく行ってないな……」

「小学生のとき、いっしょに行きましたよね！　水人くんが転校しちゃう前！」

「ああ。おまえがなぜか海パンはきたがったときな」

「うぐ」

「いまだにあの意味がわからんが、今度海パンで行くか？」

「水人くんのヘンタイ！」

どっちがだ、と苦笑しながらポテトを口に運んだ。

楽しいな。

店の中にも外にも、笑顔を溢《あふ》れさせた人々が目立つ。疲れた顔の大人たちも、目につかないわけではないが、皆それなりになにがしかの充実を感じてはいるようだ。

あの人たちもまだ、夢を持っているのだろうか。

あるいはもう、夢を叶《かな》えた人たちなのだろうか。

「ん！　ん〜、アップルパイおいしいです！　ひとくちいりますか？」

にこやかにデザートを差し出してくる優羽に、俺が勝てたことなど一度もない。

夢をケアするなんて、おこがましい話だ。また頼まれたら、やはり断ろう。

優羽の夢を、魔王に奪わせないこと。原点に戻って、そのことだけを考えるか。

「水人くん、パイとか好きですよね」

「そうだな。甘い物は好きだ」

「パフェとかも」

「栗《くり》のパフェが好きだな」

「だから男の子なのに、夢装少女《ファンタジスタ》になれるんですかね？」

そんなわけないだろう。

あきれ顔でアップルパイをかじる俺に、優羽がうーんと至極マジメにうなった。

「そうじゃなかったら、もしかして……女の子になるのが夢だった！　とか？」

「……。仮にそうなら、変身できた時点で叶ってる。夢装少女《ファンタジスタ》になれなくなるはずだ」

「あ！　そっか、言われてみれば……。むむむ、それじゃあ〜」

「気になるのか？　俺の夢が」

「それはもう」

「俺も気になる」

紅茶を吸い上げつつ、俺もマジメにうめいた。

ないはずだ。

胸の奥深くに想《おも》い描いた夢など、俺にはない。にもかかわらず、夢装少女《ファンタジスタ》になれる。

明らかにおかしいこの事象を、理屈でひもといておく必要がある。しばらく前から、そのことはずっと考え続けていた。

なぜなら。自分でも把握できていない夢を、うっかり叶えてしまった場合。

その時点で夢装化できなくなり、すなわち優羽を守ることもできなくなる。

最も避けなければならない事態だ。このことに気づくのが、我ながら遅すぎた。

水人くん、と真顔の優羽が身を乗り出してくる。

「自分の夢、自分でわからないんですか……とかいうツッコミはともかくとして」

「助かる」

「小学生のとき、水人くんは『総理大臣になりたい』と言っていました。それでは？」

「ああ。それかな。それだと思う。それでいこう」

「そんなわけないじゃないですか」

なぜ優羽が否定する？

「そーゆーんじゃなくて！　もっと、こう、夢ぇ！　って感じのがあるでしょ⁉」

「ない」

「即答⁉　意外！　意外ってゆーか、えー⁉　どうやって夢装少女《ファンタジスタ》になってるんです⁉」

「いや、本当にわからないんだ。むしろその、夢ぇって感じを詳しく教えてくれ」

「う」

「メジーナは教えてくれない。他人の夢を見てもピンとこない。けっこう手詰まり、だ」

一瞬、言いよどみそうになってしまったが、むりやり最後まで言い切った。

もうひとつ、実は、手がかりがある。

魔王の反応。

最近、現世に侵攻してくる魔王どもが、黄昏騎士《たそがれ》を知っているらしいこと。そしてあの屋上で戦った、炎頭のライオン魔王の言葉。

うまそうな夢、と確かに言った。

生物学的な分類すらできそうにない連中の言うことなど、真に受ける必要はないかもしれないが——やはり、俺にも夢があるらしい、という気にはなる。

それも、魔王に目をつけられるような。

いや。違うさ。

やつらは『強さ』でしか人の夢を量れない。内容は理解できないからだ。

仮に俺の夢が世界征服だとしても、うまそうなどという感想は持てない――はずだ。

ところで優羽がもじもじしている。

比較的シリアスに思い悩んでいる俺の前で、そわそわと身体を揺すっている。明らかに言いたいことがあるようだが、ちらちらとハンパな視線をくれるばかりだ。

「なんだ？　なにか気づいたのか？」

「……気づいたっていうか……。す……」

「す？」

「す……好きな人、とか、いないんですか……？」

優羽《おまえ》だ。

「好きな人が、いるならぁ……その人と、こう、幸せになるーとか。カップルになるーとか。け、結婚するーとか。そういう夢に、なるんじゃないですか？」

「ない」

「またも即答!?　別にそんなルールないですよ!?　で、でも、そーですか。好きな人、いないですか」

「そうじゃない。好きな人と結婚するのは、俺にとって夢じゃない」

「はい？」

「現実的な目標だ」

優羽と恋仲になることが、俺の夢。

その可能性は、当然ながら、真っ先に考えて棄却した。根拠もある。

「俺は好きな人との将来を、可能な限り明確に想定している」

「明確に⁉」

「交際費用。結婚式の予算。貯金。もろもろ勘案した必要年収。目標額を満たす職業と、就職に必要な条件。それに対し有利となる大学と学部の選定」

「あ、あわわわわ」

「最も都合のいい大学に入学するための勉強は、すでに開始し、そして完了している。俺にとってそれは夢じゃない。クリアして然《しか》るべきミッションだ」

「そ……そ、その人に告白は⁉」

「してない」

できない。

どうしてもできない。告白のシチュエーションを選定しても、その実現条件の想定すらうまくいかない。自分でも意味がわからないが、きっと俺の実力が足りないんだろう。

優羽はしばらく、アップルパイの皿をなめていた。

なかなかに意地汚い――いや、違うようだ。脱力して突っ伏しているだけらしい。

「水人くん……」

顔を上げた好きな人は、ほっとしたような、それでいて困ったような。

俺には少々、推し量りづらい表情をしていた。

「それは、違いますよ」

「違う？」

「一人で幸せになろうとすることと、誰かといっしょに幸せになることは、違います」

「俺は、一人で幸せにだなんて……」

「誰だか知りませんけど、水人くんが好きになるような人です。きっと、とってもしっかりした、ステキで大人な人なんでしょう」

そうでもない。

「水人くんが、いっしょけんめい考えた、その……年収とか、就職とか、大学とか」

「考えたぞ」

「その人、きっと、いっしょに考えたいはずです」

？……いっしょに？

俺の？　恋のことを……

俺の恋？

なにか、おかしい。なにか違うぞ、確かに。

「でも……いや……そうか？」

「そうか、って？」

「いっしょに考えたい、そう、考えたい『はず』って言ってるじゃないか」

「そうですよ」

「確定じゃないんだろう？　そう思ってるかどうか、わからないってことだ。他人の気持ちだもんな。そうなってくれればそれはうれしいが、そんなに都合のいい想定は」

ほら、と優羽が微笑《ほほえ》む。

「それが『夢』じゃないですか」

心臓の鼓動が跳ね上がった。

そうか。だから。夢。だからだ。

なぜこんなことに、今まで気づかなかった？

何年、優羽のことを好きでいた？

スポーツ選手になりたい。研究者になりたい。マンガ家になりたい。アイドルになりたい。闇、は、まぁいい。

夢と恋とは違うと思っていた。

いいや。違うと思いこもうとしていたのか。

「……優羽」

はい？と答えるいつもの笑顔を、俺は言葉を続けずに見つめた。

ごめんなさい、と言われたら。

そういうふうには思えません、と言われたら。

その可能性がある。ずっとある。だから条件を整えようとしていた。相談できようはずもなかったので、一人で将来を設計した。それは、ま、悪いことじゃない。

だが夢のままだ。

そのままじゃ、たとえ計画通りいっても。どこまでいっても、夢は夢のままだ。

黙ったままの俺に焦れたのか、水人くん、とまた優羽が笑う。

「わたしの夢、実は――」

同時だった。

優羽のケータイから、地震速報のようなアラートが鳴り響くのと。

店の外の通路に生まれた、黒く渦巻く時空のゆがみを、俺が見つけるのとは。

「ッく……！」

瞬時にもろもろをあきらめ、立ち上がる。ビルの中とは、さすがに場所が悪い。

というか、巨体を持て余してばかりいる魔王《やつら》は、こういう空間には現れないはずだが。

周りの客も、異変に気づいてはいる。

物珍しそうに空中の渦巻きを見ているが、誰一人として席を立つ様子もない。変に魔王に慣れてしまってる証拠だ。夢装少女《ファンタジスタ》を見に野次馬《やじうま》が集う国だからな。

優先順位は、優羽先行、俺が会計、のちにトイレででも変身して合流か。

「優羽、行け！　雑事はまかせろ」

「水人くん！　み、皆さんを逃がさないと……！」

「たぶん無理だろこれは。なんとか建物の外に魔王を誘導して、もし無理そうなら——」

「違うの！　違うの、水人くん！　神級！」

何をまごついているんだ、と言おうとして、逆に息ごと言葉を呑《の》みこむ。

かみ、級？

空間のひずみが縦に裂け、するりと魔王が現れた。

人型。それも女性型である。

今までの魔王と比べると、サイズ的にはずいぶんつつましい。それでも身長は三メートル近いだろう。あたりを見回す金髪の頭が、天井の照明をかすめている。

碧《あお》の混じった、金色の衣服。何を意味しているのだろうか、縦横に走る碧は紋様のように見えた。風などないのになびいている、布のような、金属のようななにか——あれは装飾なのか、それとも鎧《よろい》なのか。堅固に守られているようでいて、胸や背中はむき出しになっているようだ。まったく捉えどころのない存在感。

基本、わけがわからない。

けれど空中に静止したその姿を目の当たりにして、即座に理解できた。

違う。

俺が今まで戦ってきた魔王のどれも、比較にすらならない。格が、種類が、違う。

なんだこいつは。

『我は。破壊の神』

鈴の音を鳴らすような、恐ろしく心安らぐ声。

魔王の存在を翻訳した言葉が、世界に染み渡り、認識されてゆく——何と言った？

破壊と言ったのか。

『創造のための避けられぬ痛みを司《つかさど》る。我は魔王。忌まれし存在《もの》。荒ぶりし存在。汝《なんじ》らのいう「夢」を毀《こわ》すため、我が心にその力を宿し、我が身、我が血、我が魂としよう』

厳かなその宣告は、よくよく事情もわからない一般市民たちにも、なにがしかの影響を及ぼしたようだった。

少なくとも、どよめきが増している。魔王だって？　逃げとく？　という会話も聞こえてきた。やはりのんきに過ぎるが、俺が声を出すのが得策かどうかわからない。下手にあおってパニックを起こし、別の被害が出てはまずい。

しかし、これは。

スマホを起動させる優羽の全身が、白い光に包まれた。

「——２Ａ０７、柏衣優羽。アルファ現場、現着しています。神級、目前。討ちます!!」

鳴扇高校に所属する生徒で、おそらく最も有名な、ピンクの夢装少女《ファンタジスタ》。

おお、とざわめく人間たちをどこかぼんやりと見回し、魔王は細い首をかしげた。

『……数が多い。……夢はいずこか』

「させませんっ——」

『ふるわせてもらおう』

異様に長い右手を掲げ、魔王が大気をかき混ぜる。

それはまったくなにげない、羽虫でも払うかのような仕草だったが——

灰色が、ビルの中を這《は》った。

壁を。床を。天井を。

すさまじい速度で、すべてを塗り替えてゆく。物も、人も、一切の区別なく。

灰色に覆われた人々が、皆一様に瞳から光を失ってゆくのが見えた。

「なにこれっ……く、う、ううううう！」

優羽が杖《つえ》を立て、灰色に抗《あらが》う。

彼女と俺の周辺で、せめぎ合う力がバチバチと音を立てた。

守ってくれている。まったく静かな侵攻だったのに、優羽は全力を振り絞っているようだ。それでも、いちばん近くにいた俺だけ――

魔王が、ふらつかせていた左手を掲げる。

『ひらかせてもらおう』

ゴゴゴゴ、と足もとが鳴動した。……ビルが。

ショッピングモールの中身が、溶けてゆく。

いいや違う、やわらかな力で押し広げられ、崩れもせず壊れもせず、ただ形だけを変えられているのか。コンクリートも鉄骨も、すべてが粘土になったかのようだ。

「あ、あわわわっ……!?」

「つかまれ、優羽！」

立っている場所そのものが軟化し、すこぶるバランスが取りづらい。床がずぶずぶと落ちくぼみ、裂け、他の階の様子が見えてくる。

なにもかもが灰色だった。

動いている人間はいない。誰もが時間を奪われたかのように、うつろな貌《かお》で凝り固まっている。流れるように落ちてゆく床に従い、どろどろと、ぞろぞろと、沼に流れこむ枯れ葉のように階下へと灰色と伝ってゆく。

無事なのは、俺と優羽、だけ。しまった。

ふるいにかけられた。

『ふぅん……』

すべての階、すべての人間を見回した魔王が、ぴたりと視線を止めた。

さくらんぼのようだった、その小さな唇が——にい、と地割れのごとく笑み開く。

『お前だ』

指さしたのは、俺。優羽ではない。

ほっとすると同時、背筋に戦慄が走った。

足場がぐにゃぐにゃに動いたせいもあり、魔王は俺たちの上空にいる。四、五〇メートトルは離れているが、この程度の距離、魔王には関係ないのだろう。

だが今の俺は、夢装少女《ファンタジスタ》ですらないんだぞ……！

この魔王にはいったい、なにが見えているんだ!?

『お前の夢を、もらおう』

「〈白亜の牢獄《ろうごく》〉ッ！」

魔王の周囲に光が乱舞し、檻《おり》を成して閉じこめた。

どうにか足を踏ん張った優羽が、杖《つえ》の先端を魔王に向ける。

「な、何をされてるのか、よくわかりませんけど！　これ以上勝手はさせません！　元の世界へ帰ってください！」

『断る』

「魔王は皆さんそうおっしゃいますけど、断られても困るんです！」

『夢さえもらえば、命はとらぬ』

「引き合いに命が出てくる時点でダメです！　水人くんは、わたしが守っ——」

檻の中で、魔王が優羽に指を向けた。

先ほどのように、指さしたわけではない。人と違って四本しかない、雪のように白い指先のすべてを、まっすぐ優羽へと向けたのだ。

なにかまずい。優羽もそう感じたのだろう。

「〈白亜の城壁〉ッ！」

とっさに展開された光の盾に、無数の衝撃波が殺到する。

着弾の風圧だけでバランスを崩し、俺は吹き飛ばされた。やばい、ゆがんだ床が斜面になって、う、うおおおおっ。

「わ、っわ……！」

紅《あか》くしなるカマイタチのような衝撃波を、〈城壁〉はよく防ぎ続けた。

しかし、その威力だけで優羽が退がってゆく。防御以外に何もできないまま、どんどんと後退させられてゆく。

この魔王。物理的にも、人間のはるか上位か！

「優羽ぁ！」

「わひゃあああ〜〜〜っ!?」

最終的にはそこそこ気の抜ける悲鳴とともに、優羽がビルから弾き出された。

窓ガラスを突き破って――パリンと砕け散る緊張感もなく、まるでビニールのようにべろんと押し破られていたが――、ピンクの聖職衣が外へと消え去る。

何もできずに見送ってしまった。

というか、当たり前か……何をぼうっとしているんだ俺は。魔王が現れてから、今の今までなにひとつ有効な行動を取れていない。動揺しすぎだ。

過去に二度しか現れたことのない、最悪の神級魔王が敵。

種別は破壊。これも最悪の部類だ。その名に恥じず、ずいぶんとんでもない攻撃力を備えている。俺を名指しで、夢を奪おうとしている。

整理できる情報はそんなところか？

……いや。たぶん、もうひとつ。

「魔王……」

『さあ。夢をよこせ。痛み、苦しみ、すべてから解き放ってやろう』

「黙れ。貴様もしかして、人間の夢を吸収したこと、ないのか？」

『ない』

やっぱりか。姿形が整いすぎている。しかしなんとも、素直に答えてくれたものだ。

最悪の場合から想定しておこう。

「俺が素直に夢を差し出したら、そのまま異世界に帰ってくれるか？」

『我が懐へお前を連れてゆき、そこで夢をもらう』

「なるほど……じゃあ、夢を奪ったら、帰らせてくれるか？」

『我は今、とても上手に話せている』

そうか？　だいぶ噛《か》み合ってないぞ。

今まで現れた他の魔王のほうが、ある意味しゃべりは達者だった。

『この世界に溢るる、夢の気配。感じたことのない力。新たな感覚に滾《たぎ》る』

ふん。興奮状態のわりには、ということか。なるほど破壊神なだけはある。

こいつは間違いなく、賀城さんが言うところの、本当に夢を渡してはいけない相手だ。

その証拠に、いつからかまた笑っている。

力を手にしたときを想《おも》って、嗤《わら》っている。

『我が力を無限に押し上げる、永久の息吹となるだろう！　それを手に入れたとき、上手に話せるかどうか、確信がない』

「魔王ごときと会話した俺がバカだった」

意識を集中。脳の奥。中心をつないだ幹の部分をイメージする。

白光が幾重にも身を包み――その光が消えるのを待たずして、俺は空中に飛び出した。

「優羽のやろうとしたことは、俺がやる」

『ほう。美しい……』

「とっとと、帰れ！」

抜刀を含めて、一回、二回、三回。

むりやり身体をひねって四回、剣を振り抜いて〈絶華千燕《ぜつかせんえん》〉を放つ。

リラックスしているようにしか見えない姿勢でぴくりとも動かない魔王に、全弾直撃。

——手を抜くつもりはない。読み切れ。

敵がこちらをなめてかかってくれている、ありがたい時間のうちに。

「〈絶光咆珠《ぜつこうほうじゅ》〉」

〈絶華千燕〉の爆煙が消えないうちに、俺は剣の上空にエネルギーを集めた。

時間のかかる技だが、むしろかけろ。念入りに、しっかり充塡《じゅうてん》するんだ。

煙が晴れ、魔王が俺を視界に収める。

『先ほどの者よりも、洗練された力だ。これが夢のものか？』

「優羽をバカにしたな。貴様はもう終わりだ。どんな欲も望みも、この世で成し遂げることはできない。俺がさせない」

『興味がある。興味がある。夢とは、なにを毀すものなのだ？』

夢とはなにをコワすものなのだ。

エネルギー制御に集中する意識を、一瞬ゆるめてしまった。

魔王のくせに……なかなか、おもしろいことを考えるじゃないか。いささか、思考の虚をつかれたような気分だ。

だが、わかるぞ。夢に関しては俺も素人同然だが、ついさっきわかった。

夢は確かに、なにかを壊してしまうものだ。

そして人は、時になにかを失ってでも、夢を叶えようとするのだ。

「自分で下す決断を邪魔されると、人間は怒るぞ」

完成した、いつもの倍は大きい〈絶光咆珠〉に、俺は刃を掛けた。

「壊したいなら、自分の夢でやれ」

キュオッ――

圧縮に圧縮を重ねた高密度エネルギーが、空気を引き裂く音を響かせる。

光の奔流がうねりすらともない、魔王を一息に呑《の》みこんだ。

これでケリがつけば――などとは考えない。今まで一度もやったことはないが、即座に二発目の〈絶光咆珠〉の準備にかかる。

神級魔王と王級の違いは、おそらくその『存在総量』とでもいうべきものだ。

俺の肌ではなく、その下を巡る血の流れにまで直接訴えてくるような存在感。王級と同程度の宣言ひとつで、世界にここまで存在を認めさせてしまう。

要するに、ＨＰの桁が違うようなもので、こっちはひたすら削るしかない。

絶対に、夢を吸収させてはいけない――

「ッ！」

ぐにゃぐにゃな床を弾くように蹴りつけ、俺はその場から大きく、大きく跳んだ。

ドオッ

と、緑の奔流が、作りかけの〈絶光咆珠〉を呑みこんでゆく。

そのままショッピングモールの壁をぶち抜き、外の世界を瞬時に切り裂いて、消えた。

「なっ……!?」

危なかった。もう少しジャンプが低かったら、光の影響範囲から逃れられなかった。

海に面したモールの壁に、直径一〇メートルは下らない穴が開いている。

レーザーのようなものだろうか。切り取られたような建物の傷口から、じわじわ灰色が染み出してきているが、その意味を考えるより早く砂浜の光景に意識を持っていかれた。

地形の一部が削り取られている。

どういうわけか、白い海面に巨大な渦が巻き起こっていた。サイレンが鳴り響いている。

使われていない海の家の物が反応したのだろうか。

もしも、海開きのあとだったら……

『我は破壊』

相変わらず静かに浮く魔王のまわりに、緑色の帯のような光がたゆたっていた。

『破壊できぬ存在《もの》ども。破壊に向かわぬ存在ども。すべて認めぬ、気に食わぬ』

「わかり、やすいな」

『異なる世界の人間よ。早く壊れたかろう。夢をもらえれば、すぐにも叶《かな》えてやろう』

「さっきと言ってることが違うぞ！」

クォ、と緑の帯がひときわ輝きを増す。二撃めだと、ふざけるな。

地面に向けて撃たせるわけにはいかない。

「くっ……！」

俺は再度飛び上がり、幾度か壁を蹴って、天井近くの看板をつかんだ。

見上げる魔王と、仮面越しに視線を合わせる。

呼吸を、読め――そもそも呼吸などしているのかどうか知らんが。

『当たれ』

「〈絶華千燕〉ッ！」

看板を蹴り、大きく身をかわしざま反撃した。

極太のビームが天井を貫き、青空へと消え去ってゆく。

魔王そのものではなく、周りのエネルギー帯を狙った俺の攻撃は――レーザービームとは別に、凄《すさ》まじい速度で放たれた緑の閃光《せんこう》によって、爆発することすらなく消えた。

「ぐうっ⁉」

そのまま俺に飛んできた閃光を、なんとか剣で弾《はじ》き飛ばす。

なんだ、今のは。

『当たった。が、防がれたか』

魔王を中心とした空間に、いくつもの星がきらめいていた。

いや、あれは星じゃない。

槍《やり》だ。

緑に輝く槍が浮いている。幾本も、幾十本も。エネルギー帯がちぎれ、押し固まるように収束し、槍のかたちを成しているようだ。こうしている間にも、次々と。

どれだけの芸を持っているのか。力だけではない――確かに、桁が、違う。

それがどうした。

「防いだぞ？　防ぎ続けるし、攻めるぞ」

俺は剣を握り直した。

手のひらの中に、しっくりとなじむ。愛剣、と言っていいだろう。銘をつけろ銘をつけろと、メジーナがうるさくせっつく剣――そんな必要などないというのに。

今まで優羽を守るため、幾多の魔王を断ってきたこの剣には、最初から名がある。

「初めてだな……こんな気分は」

指先で仮面を押し上げ、その下で俺は笑った。

「他人のじゃなく、自分の夢が愛《いと》おしい」

『愛しさ。知っているぞ。それは毀してやろう』

「させるものか。初めて、自分の夢を守るために、戦うんだ！」

✦ ✦ ✦

警察の展開が、いつも通りに迅速であることに、優羽は感謝した。

ビルを取り囲む野次馬《やじうま》たちの様子は、対照的にいつもとは違う。

デッサンがおかしくなってしまったかのように、まったき灰色と化したビルを目の当たりにし、さすがに異様な気配を感じ取っているのだろう。

「こっ……のお！」

杖《つえ》を振り上げ、ビルの入り口に叩《たた》きつける。

単なるくすんだ自動ドアにしか見えないそれは、しかし優羽の渾身《こんしん》の攻撃をたやすく跳ね返した。ガラス面に傷ひとつついていない。

「う、うう〜っ……！　水人くん……！」

「柏衣くん！」

群衆を抑える警察官の間を抜け、賀城十春《とはる》がやって来た。

あとには佐々森九暮、至堂《しどう》楓子、さらには険しい表情のメジーナも続いている。

「状況に変化は⁉」

「あ、ありません！　さっき電話で伝えた通りです、このドアが開かなくて……！」

まかせろ、とすでに夢装少女《ファンタジスタ》状態の九暮が前へ出た。

大鎌でドアを斬り裂くつもりだ。すでに特殊な能力を発動させ、鎌の威力と重さを増大させているのか、ひどくゆっくりした億劫《おっくう》そうな動きである。

その紫のローブを、十春の手がつかまえた。

「ちょっと待て。変だ。柏衣くん、ビルの中にいるのは神級魔王、そうだね？」

「はい！　それと、み、た、黄昏《たそがれ》騎士さんが！　夢を狙われてるんです！」

「黄昏騎士の夢か。どんな内容か知らないが、本人があれほどの力を持っているんだ。魔王に吸収されたらと思うと、ぞっとする……急がねばならないのは確かだな。しかし、魔王の動きも妙に緩慢に思える。狙いを読み違えると事だぞ、罠《わな》かもしれない」

「罠、って……」

「たとえば、強力な夢装少女《ファンタジスタ》を、まとめて異世界にさらうつもりとかね」

「賀城先生は、神級の魔王さんとも戦ったんですよね⁉」

十春はうなずいたが、難しい顔のままだ。理由は優羽にも推察できる。

最初に現れた神級魔王は、退けることができなかった。異世界に一人連れ去られてしまい、夢を奪われて帰ってきた。魔王被害の最初の事件である。

二度目の襲来でも、やはり追い返すことはできず、防御に長《た》けた夢装少女《ファンタジスタ》が数人がかりで抑えこんだ。優羽も扱う〈白亜の牢獄《ろうごく》〉のような結界で魔王を幾重にも包み、飽きた魔王が異世界に帰るまで、ずっと動きを止め続けたのだ。

当時と今では、状況が違う。

多くの夢装少女《ファンタジスタ》たちは、夢を叶えて引退していった——十春もその一人である。結界を扱えるA級夢装少女《ファンタジスタ》は、学園に優羽一人。守備的な作戦は行えない。

「必ずや今、倒さなくてはなりませんわ」

十春の肩口に浮かんで、メジーナが言う。

連日の幻術ダメージは回復したのだろうか。

「魔王がこのビルを『隔離』したのは、おそらく黄昏騎士を逃がさないため。魔王にとってはそれほど、魅力的な強さの夢なのでしょう。つまり、もしも夢を奪われたなら、過去最強といえる魔王が誕生してしまう。一〇〇人単位で人間を連れ去られかねませんわ」

「むしろ、今ならまだ、夢を吸収してないってことかい？　いつもやって来てる、奇抜なカッコの魔王たちみたいに」

楓子の言葉に、たぶん、と優羽はうなずいた。

「すごくきれいな魔王さんでした。破壊、なんてしっくりこないくらいに」

「だったら、黄昏騎士ならあるいは、と思うね。攻撃能力は群を抜いてるわけだし、賭けてみるだけの価値はある。なにより、中の様子がわからないから、下手に横槍《よこやり》を入れて逆効果になってしまうほうが怖いよ」

楓子の言うことは正しい。最も重視すべきは、これ以上被害を拡大させないことだ。

魔王の狙いがメジーナの言う通りなら、ビルに囚《とら》われている一般人も、いずれ解放されるだろう。

だが、中にいるのは古坂《こさか》水人なのだ。

黄昏騎士の姿をとり、今もきっと戦い続けているのは水人なのだ。

絶対に助けなければならない。優羽はすでに、心を固めている。

問題は、何をすれば水人の助けになるのか。

魔王に手もなく退場させられた自分に、果たしてできることがあるのか。

「うぅ……！」

考えろ。考えろ。状況をよく思い出せ。

水人はこういうとき、どう戦うだろうか？

逃げるのはきっとありえない。第一、逃げ切れるものと考えないはずだ。神級に対して
そんな甘い考えが通じるとは思えないし、なにより——

はたと、優羽は顔を上げた。

「あ……あの。賀城先生！」

「どうした？」

「わたし、黄昏騎士さんを助けたいんです！　わたし、ずっと……あの人のことも、ほん
との仲間だと思ってるんです！」

この世のなにより、大切な。

十春は、すぐにうなずいてくれた。

「もちろんだ。というか、我々は恩を受けてばかりいる」

「……！　はい！」

「ありがたくも一方的だっただけに、少々腹立たしい。今こそのしつけて叩き返そうか」

「は、はい！」

「で、なにか考えがあるんだね？　柏衣くん」

優羽が作戦を考えただと⁉　と、水人なら顔をしかめそうだが。

それでも優羽は、杖《つえ》を握りしめた。

これもまた夢なのだと気がついて、少し心が軽くなるように思えた。

✦　✦　✦

本当に閉じこめられているのだと、理解するのが遅すぎた。

「くっ……！」

幾筋も放たれる魔王の槍を、俺は紙一重で回避する。

本当は、もっと大きく避けたいんだがな。状況がそれをゆるさない。

この足場。甘く見すぎていた。

『難しいものだな』

抑揚の少ない魔王の声が、耳に心地よすぎてイライラする。

最初の出現位置からまったくもって動かず、魔王は淡々と攻撃を繰り返していた。

当たるか当たらないかなど、まるで気にしていない。

自らの継戦能力に、絶対的な自信を持っているのだろう。

『我は破壊。しかし、貴様は壊せない。せっかくの夢が失われてしまう。破壊を求めて夢を得んとし、ゆえに破壊から遠ざからねばならぬとは』

「何を楽しく哲学している……！」

『哲学。それはいかなる破壊か？』

答えず、俺は力の限り飛び上がった。最上階の天井に接近し、縦横に剣を振るう。

手応えは——ない。

天井をも覆うこの灰色が、ぶよぶよとやわらかすぎて切断できない。そもそもジャンプの体勢も悪く、しっかりした威力など望むべくもなかった。

うかつだった。優羽とともに、一度外に出るべきだったのだ。

今はもう、窓も分厚い灰色に埋没している。魔王の極太レーザーで開いた大穴すら、ねばつくオーラに覆われていた。完全に取り込まれている戦況だ。

「どうした……？　まったく効かないぞ、お前の攻撃は！」

とりあえず、言うだけ言っておく。たった今、天井すら斬れなかった者の遠吠《とおぼ》えにすぎないが。

それでもいつか、相手もイラついてくれるかもしれない。

「俺の動きが鈍るのを待って、夢を吸収するつもりなんだろうがな！　この程度、いつまででもかわし続けられる。破壊が聞いてあきれるな」

『ならば我を破壊するがよい』

「な……、に？」

『破壊できぬことも、破壊したがらぬことも認めぬが、破壊されるのは構わない。されたことがないぞ、興味がある。やってみせるがよい』

「夢がないくせに――」

沈みこむ灰色の床に両足を踏ん張り、ホームランバッターのように剣を構える。

「夢のようなことを語るなッ！」

フルスイング。

全身全霊をこめた〈絶華千燕〉が、何の工夫もなく、まっすぐに魔王を直撃した。

効いているのは、わかる。

同時に、気にされていないこともわかった。理由が謎だったが、なるほど、倒されることをなんとも思っていないからか……。だったらさっさと倒れればいいものを！

『……少し飽いたな』

お。と思うが、動きには出さないでおく。

長い腕を折り畳んだ魔王が、眼下の景色に視線を投げた。

景色といっても、灰色のでこぼこしか見えないことは、魔王も同じだろう。それとも異世界の生き物の眼には、これが風光明媚《ふうこうめいび》にでも見えているのか――

床の蠢《うごめ》きに、俺は思わず仮面を取り外しそうになった。

見間違いではない。灰色に包まれたまま、ショッピングモールの客たちが立ち上がっている。あるやなしやの斜面を伝い、上へのぼろうとしているようだ。

まるで、地獄からの脱出を目論《もくろ》む、亡者の群れのように。

浮かぶ魔王へと向かって。

「な……なにをしている」

『お前がなかなか夢をくれぬから、先に別の夢をもらうこととした』

「なに!?」

『夢は何度でも取り替えがきくという。ひとつより多くを持つと、人間以外は抱えきれぬとも聞くがな。お前の夢が上等なことはわかっているゆえ、これはただの繋《つな》ぎだ』

誰がそんな気遣いを求めた。

しかし、これはよくない。俺だけが標的だと思いこんでいた。それもまた油断か。

『なるほど。なるほど』

無表情のまま、魔王が何度もうなずく。

『こちらの世界の人間は、本当に夢に満ちあふれている。すばらしい』

「……どういうことだ」

『我が世界にも、人間は大勢いる。しかし、夢の程度が獣や魔物と変わらぬ』

「獣？」

『今、我へとのぼってきている者たちが、破壊衝動の夢を抱いている人間だ』

っ!?　なにを……バカな。

一目して、一〇〇人は下らない。

あれだけの数の客がいたとはいえ、この平和な国で、そんな。

『毀《こわ》すために毀す。そのようなこと、獣も魔物もせぬ』

「それは……人の一面だ。生きていれば、そう考えてしまうことだってある！」

『考えるだけか？　せぬのか？』

「当たり前だ！」

『そうか。夢なるは、左様なものか』

奥歯を嚙《か》みしめ、俺は徐々にのぼり来る人の群れを見下ろした。

魔王がもし、迎えに動いたら――それは魔王を攻撃しよう。だが、このまま群れが魔王の高さまで来たら？　群れに〈絶華千燕〉を放つのか？

おそらく、人々は操られているのだろうが、動いているということは生きている。

夢装少女《ファンタジスタ》の攻撃は、普通、生身の人間に当たっても殺傷力はないが――あの状態の相手には、わからない。判断できない。

魔王ッ……！

『ふふ』

魔王の唇が、再び笑みのかたちにゆがんだ気がして、直後。

天井を、紫の光が四角く区切った。

「え……っ⁉」

「ひゃうぉわあああああああああ」

聞き知った悲鳴。

天井にぱかりと開いた大穴から、紫ローブに身を包んだ少女が落ちてくる。

落ちてきて――そして、落ちていった。

唖然《あぜん》としたまま、視線を上から下へ動かすしかない俺に、懸命に手を振りながら。

「黄昏《たそがれ》騎士様ぁああああご武運をおおおお！」

「ちょっと、九暮くんっ⁉　う、うわなんだあれ、人⁉　の群れ⁉　くそっ、落ちないようにって言ったのに！」

屋上から覗《のぞ》きこんできた青い武闘着の少女が、切り取られた天井を適当に投げ捨てる。

外から突入口を開いてくれたのか。

ありがたい。しかしそれでは、魔王に外への道を示すことにも。

「ごめんね、黄昏騎士くん！　よろしくね！」

ローブを追って飛び降りてゆく青の超ミニが、空中でこちらに敬礼する。

えらくカッコいいが、なにをよろしくと？　それ以外に言葉が浮かばなかったな？

あの二人が、突入してきた。神級魔王を倒すために。

ということは――当然。

「お待たせいたしましたわねえ！」

希望の光を身にまとい、空中から舞い降りてきたのはなんだおまえ。

「あたくしが、そう！　メジーナ様ですわあ！」

いらん。

しこたまいらん。ただただだいらん。何をしにきた一匹で。帰れ帰れ。
なにか、あるんだな？
……いや。
「黄昏騎士とやら！」
果たして、メジーナが俺を振り向く。
ここぞとばかりの七頭身。舞い散るオーラもぎらぎらと。
神威をはらんだ鋭い眼差しに宿るのは、なるほど護国の意志か。
「跳びなさい！」
頼もしい笑みで告げられるがまま、俺は足場を蹴った。
相変わらずの不気味な弾力で、非夢装少女《ファンタジスタ》状態で跳ぶよりも心許《こころもと》なかったけれど。
完璧なタイミングで飛び降りてきたピンク色の影が、手にした杖《つえ》を振りかざす。
「〈白亜の牢獄《ろうごく》・改〉ッ！」
ビルの中に、見たこともないほど巨大な光の檻《おり》が現れた。
魔王、メジーナ、俺。そして柏井優羽をまとめて包みこむ、まるで冗談のような。
よろめきながらも光の格子に着地した時点で、俺は作戦の意図に気づいていた。
足場。

自らの技を直方体にアレンジして、新たな戦場を創ってくれたのか！

「優ぅわあああっ!?」

振り向いた先で、優羽がその戦場から落ちそうになっていた。足をすべらせたのか何なのか、格子の部分に必死でしがみついている。慌てて駆け寄り、引っぱり上げた。

自分の技に足もとすくわれる夢装少女《ファンタジスタ》なんか、初めて見たぞ俺。

「だ、大丈夫か？」

「だいじょぶです、ありがとうございますっ……。えへへへ」

頬《ほお》をこすって、優羽が笑う。

俺も、思わず笑い返した——うっかり名前を呼びそうになってたから、落ちかけていてくれてよかったかもしれない。

『ふむ……？』

魔王が小首をかしげている。閉じこめたつもりか、とでも言いたいのだろう。

そうではない。これで、格段にやりやすくなった。

「魔王！　今一度、選ばせて差し上げますわ」

いわゆる戦隊物のポジション的に、最もいい位置に陣取ったメジーナが、びしりと魔王を指さす。

「ここで討ち果たされるか。今すぐ自分の世界に帰るか。いかが！」

『なんだ？　貴様は。面妖な』

「んまっ」

　ぽむっ、とメジーナから白煙が立ちのぼった。怒りのあまり三頭身《デフォルメ》に戻っている。

「ミズっ、違う黄昏騎士！　やっちゃって！　あいつやっちゃってくださいな！」

「どこのチンピラかとは思うが、もとよりそのつもりだ。……だが」

「誰が面妖ですか自分のほうが一〇〇倍面妖でしょうが、なにあれ腕長っ。背ぇ高っ。自分のこと美人だとでも思ってるんでしょう⁉　きもっ！　きーもきもきも！」

「ほんとにろくでもないなおまえ」

　面妖そのものだろうに、実際。

　まさかメジーナの挑発に乗ったわけでもないだろうが、魔王の右腕が動いた。

　宙に漂うエネルギー槍《やり》の一本を、無造作につかむ。そのまましゃくしゃくと、手の中で丸めこんだ。

　砕けた破片に、ふう、と吐息が吹きかかり――猛烈な密度のつぶてと化して飛来する。

「〈白亜の城壁〉！」

　バリアを展開する優羽の背中に、俺は思わず手を伸ばした。

身を寄せて、支える。

檻と壁を同時に扱うなんて、いつからできるようになっていたんだ。

「ほんぎええええええ」

当然のようにバリアに含まれず、撃墜されたメジーナが落下してゆく先で、九暮と楓子が大立ち回りしている。

並み居る変わり果てた一般人をほどよく張り倒し、なぎ倒し、一階からの脱出ルート確保をめざしているようだ。さすがにそつがない。ほぼほぼ楓子の指示だとは思うが。

——これが、チームか。

すばらしい。

「優羽。下がってくれ」

剣を右手にさげ、俺は前へ出た。

「もし魔王が逃げようとしたら、無理に遮らなくていい。倒すのは、う、ま、く、い、っ、た、と、き、だ。危ないから——」

「ここにいます」

「……優羽？　接近戦になるかもしれない。攻撃だって」

「足手まといになりますか！」

俺が正しく答えることを知っていて、優羽はそう言っている。

曖昧な言葉は選べない。

「いいや」

振り向かない俺の背中で、だったら、と優羽が笑う気配がした。

「わたしの夢が、ひとつ叶《かな》います」

「ひとつ？」

「はい！　わたし、いっぱい夢あるんです！」

初耳だ。

いっぱいあっていいものなのか。いや、そういう人間も、いるものかな。

「水人くんに勉強で勝ちたい、水人くんにスポーツで勝ちたい、水人くんにゲームで勝ちたい、水人くんにお料理で勝ちたい、水人くんにお掃除で勝ちたい」

「どんだけ勝ちたいんだ。掃除て」

「わたしもときどき自分がふしぎでした。ライバルでもないのに、どうしてこんなに勝ちたいのって。てゆーかほんとにぜんぶ負けてるわけでもないですし、お料理とか、わたしのおむすびは絶品ですし」

おむす……、いや言うまい。

「昔から！」

叫ぶ優羽に、魔王の攻撃が襲い来る。

つぶてどころではない、槍の連撃。なにかがカンに障ったのか、呵責《かしゃく》ない猛攻に〈白亜の城壁〉が揺れる。

それでも、破れない。

「昔から、水人くんはそうでしたよね！　水人くんが引っ越してった間も、わたし忘れませんでした！」

「それは……俺もだ」

「夢装少女《ファンタジスタ》になって、気づいたんです！　わたし、勝ちたいんじゃない」

守られながら、俺は剣を水平に伸ばした。

刃の上に、光が宿る。力が流れこんで珠《たま》となる。

「水人くんと、わたし、肩を並べたいんです！」

ありがたい。

ささやくようにこぼした言葉は、優羽の耳に届いただろうか。

『ほう』

光の向こうで、魔王が嗤《わら》う。

再び槍を握りこんだその手の中に、剣が形成されるのが見えた。自然と、俺も笑う。

かかった。

「水人くんの夢は、わたしが守ります！」

「優羽の夢は」

すべては。

「俺が守る!!」

振り抜いた剣が、〈絶光咆珠〉を解放する。

うねり狂う極太の光線が、向かい来る槍をまとめて吹き飛ばし——

まばたきほどの間に距離を詰めた魔王が、目の前で剣を振りかぶっていた。

「え」

『我は』

優羽の声と〈白亜の城壁〉を、風切り音が断つ。

『破壊』

ガキィンッ！

と極めて物理的な音とともに、必殺の刃がぶつかり合った。

斬撃がくると、想定していたかのように——というか、想定していたからこそ剣を引き

戻せた俺の視線が、初めて驚愕《きょうがく》の色を宿した魔王のそれと絡み合う。

「この剣を、直接防御《こういうふう》に使わせたのは……貴様が初めてだ。だが」

「な、に……」

「それも、想定通りだ」
キ、と魔王の刃に、漆黒の力が食いこむ。
夢装少女《ファンタジスタ》である黄昏《たそがれ》騎士の武器は、剣。

普段は俺のわがままで、無茶《むちゃ》な攻撃ばかり強いられているこの剣が。斬ることを最も得意とするがゆえ、斬るときに真の威力を発揮する。

優羽の敵は、どんな相手だろうと。

「〈前への絶剣《ストームブリンガー》〉!!」

遮る物などなにもないかのごとく閃《ひらめ》いた剣線が、魔王の身体を両断した。

振りあおいだ仮面越しの視線が、再び魔王の瞳を捉える。

『ああ』

魔王は笑っていた。

『これが……破壊』

光の粒子が宙に散り、同時に大気が鳴動する。

いや、違う。大気が震えてるんじゃない。

魔王の力に侵蝕《しんしょく》されていた、ショッピングモール全体が揺れ動いているんだ。

「うわあーっ⁉」

はるか階下から悲鳴が聞こえてくる。

「崩れるよ⁉　これは高確率で崩れるよー⁉」

「どう見ても支えがない。当たり前」

「大丈夫かな⁉　今はこれ灰色でぶよぶよだけど、いわゆる本当に大丈夫なやつかな⁉」

大丈夫なやつです、と優羽が呟《つぶや》いた。

剣を納めた俺と目を合わせ、うなずいて、足場の光を解除する。

「〈白亜の城壁〉！」

再び展開された結界が、ビルの壁面に沿って大きく大きくそびえた。

崩れようとする建物を、内側からぴたりと支える。

きっと外からは、ビルが中から光り輝いているように見えるだろう。

「みんなあ！　大丈夫かーっ⁉」

レスキュー隊の先頭に立って、賀城さんが突入してくる。

にわかに騒がしくなった戦場を尻目に、俺は一人、天井の穴から脱出した。

終章 ✦ 彼は彼女にかわるべく

早朝の夢装《むそう》理事室は、一種独特な空気に満ちていた。

すがすがしい、だけですめばよかったのだが、いろいろな要因が絡み合っている。メジーナが宙を漂いながら、くらげのように眠っていることも関係しているだろう。

あとは、賀城《がじよう》さんのわざとらしい笑顔とか。

それを苦り切って見つめる、俺の仏頂面とか。

「どうしても……ですか？」

「どうしてもだとも、古坂《こさか》くん」

「非効率的です」

「私はそうは思わないな」

「俺は実際に経験して言ってるんですよ？　ちゃんと第一段階はこなしました」

今しがたし終えた夢ケアの報告を、なんならもう一度繰り返したっていい。

お疲れさまだ、と賀城さんはうなずく。

「やはり私が見込んだ通り。きみならばやってくれると思っていた」

「期待に応えられてなによりです。だからもういいでしょう」

「えー」

「一人で三人の面倒を見るなんて、どだい不可能だったんです」

すなわち。

「俺は柏衣優羽《かしわいゆうは》のみの担当にして、あとの二人の夢ケアは別の人間に頼んでください」

「だから、どうしてもできない。条件に合う生徒がいないからな」

「生徒じゃなくてもいいでしょう、この際」

「それはいかんよ、ただのカウンセリングになってしまう。ケアと気づかせては、夢ケアにはならない」

「そうでもないと思います。至堂《しどう》あたりの反応を見るに、人によるかなと」

「なら、佐々森《さ　さもり》くんの夢ケア担当は、誰にできるときみは思うね？」

う。

九暮《くぐれ》。……九暮は、あの、あれだ。くっそ。

優羽、と答えるわけにもいくまいな。

「た……黄昏騎士、あたりならあるいは」

「なるほど。妙案だ。きみが頼んでくることができれば、分割担当も考えるとしよう」

「頼めるといえば頼めるけどな！　結局負担が減らないだけで！

「古坂くんには、すまないと思っている。いずれ見返りも考えているが、今しばらく待っておくれよ」

「そういうことを言ってるんじゃないんですが……」

「私もまだまだてんやわんやでね。夢装理事就任直後にアレだから、しばらくはもう」

そこのところは同情もする。

ショッピングモールの一件は、奇跡的に死者こそ出なかったものの、建物や物品の被害額は桁外れだった。過去の魔王災害、すべてを合わせても及ばないほどだったらしい。

さすがにニュースも、だいぶシリアスなイメージで報道していたな。

ビル内部にいた客たちが全員、魔王出現中の記憶を失っていたため、いつもの夢装少女《ファンタジスタ》SNSフィーバーも起こらなかった。俺としては、非常に助かったところだ。

あの肝心要の一戦で、下着をはきかえ忘れていたからな……そんな余裕もなかったが。

「とりあえず、柏衣チームと生徒会室で遊んでくれているだけでも、しばらくはじゅうぶんケアになるとも」

「そうですか……いや、生徒会室にたむろされてること知ってるなら、なんとかしてください。邪魔です」

「しかしアレだね」

聞けよ賀城。

「黄昏騎士は本当に、ここぞの場面で必ず現れてくれるね」

今そこに振るのか賀城。

「……そう、ですね」

「柏衣くんが言っていたよ。彼女のことも、本当の仲間だと思っていると。泣かせるじゃないか。見事に共闘していたようだし、ぜひ学園に迎えたいものだよ」

「ええまったく」

「ときに古坂くん。きみもあの日、モールの客として被害に、遭って、いる、だろう？」

ギクッ、とした。そうだ。そういうことになってはいる。

あの日のスポンサーである賀城さんにはもともと、優羽と行くと伝えていた。ほかの客にも見られているかもしれないし、下手に被害をまぬがれたことにはしないほうが、口裏も合わせやすい——と、安易に考えていたんだが。一点、完全に忘れていた。

黄昏騎士に関する情報も、報告するように頼まれていたんだった。

「現場のこと、何か覚えてるかい？　それともすぐ、灰色に巻きこまれてしまったかな」

これは……どう答えるのが、正解だ……？

客たちは記憶を失ってはいる。しかし、灰色に覆われた直後はどうだったのだろう。そういう詳しいことは、俺にはわからない。

何も覚えていないほうがいいのか。あるいは少しくらい、証言できたほうがいいのか。

「古坂くん……？」

「……ええと。……魔王と戦ってるところとかは、ぜんぜん覚えてないんですけど。黄昏騎士は……」

「黄昏騎士は」

俺は。

「すごくエロい下着を着けてました」

「「ヘンタイ」」

賀城さんと、実によけいなところで起きているメジーナの声が、きれいにハモった。

あとがき

こんにちは、神秋昌史《かみあきまさふみ》です。たまにはオネエ言葉にもなる、そんな三〇代男性です。ゆーてまぁ、「だわよねー」くらいです。語尾が行方不明になる程度です。あるやないですか、友だちとの会話なんかで「あ、ちょっと長広舌で演説ぶちたい」とかいうとき。別に普通に語ればええものを、少しばかり気恥ずかしいものだから冗談めかしておばちゃん風になるやつ。わたしです。あとエセ外国人風にもよくなります。お笑いコンビ・チュートリアルのヨギータが好きでまねしてます。今の読者わかる？


しかしわたしと違って、水人《みずと》くんはガチです。

ガチ乙女、またガチ女装というわけではないですが、ガチです。女言葉を使うわけでもないですが、ガッチガチです。健全な男子高校生であるにもかかわらず、女《ガチ》になります。

そうまでしてでも守らねばならないものが彼にはあり、それが何かというと――

な、感じの本作です。お楽しみいただけましたでしょうか？


ＴＳ変身ラブコメバトル！　いろいろ詰め込んでみた結果、水人くんがどえらくイキリ散らす主人公になってくれました。当初の予定では、あそこまでではないはずだったんですが。でも今読み返すと、もっとイキらせてもよかったような気もします。ふしぎ。

水人くんを中心に『夢』の華開く変身ヒロインたちもちろんですが、作者的なイチオシキャラはマスコット役のメジーナです。あいつもう制御できません。どれほどシーンを引っかき回されたことか。そしてその通りに書くよりほかなく、どれほど作者の無力を思い知らされたことか！　いいぞもっとやれ。あんな自由なキャラは久々に書けました。

というわけで、絶賛お礼タイム。

イラストを描いてくださった伊藤宗一《いとうそういち》さん、まことにありがとうございます！　黄昏騎《たそがれ》士のイメージが、イラストのおかげでバチッと定まったと思います。

毎度お世話になっております担当さん。日頃から支えてくださる友人知人諸氏。この本の準備期間中は風邪やらなんやらもひき散らかしていっぱい迷惑かけちゃったよごめんね専門学校の学生諸君。

そしてご購読くださった読者の皆様方に、この場を借りて御礼申し上げます。

この本で、ちょうど二〇冊目。まだまだがんばって本を書きますね。

ではでは。神秋でした。

最強《さいきょう》夢《む》装《そう》少女《しょうじょ》の俺《おれ》がヒロインに正体《しょうたい》バレた結果《けつか》

著　神秋昌史《かみあきまさふみ》

角川スニーカー文庫　21195

2019年2月1日　初版発行

発行者　三坂泰二

発　行　株式会社KADOKAWA
〒102-8177 東京都千代田区富士見2-13-3
電話　0570-002-301（ナビダイヤル）

印刷所　旭印刷株式会社
製本所　株式会社ビルディング・ブックセンター

Printed in Japan　ISBN 978-4-04-107553-1　C0193

★ご意見、ご感想をお送りください★
〒102-8078 東京都千代田区富士見 1-8-19
株式会社KADOKAWA　角川スニーカー文庫編集部気付
「神秋昌史」先生
「伊藤宗一」先生

[スニーカー文庫公式サイト] ザ・スニーカーWEB　https://sneakerbunko.jp/

角川文庫発刊に際して

角川源義

第二次世界大戦の敗北は、軍事力の敗北であった以上に、私たちの若い文化力の敗退であった。私たちの文化が戦争に対して如何に無力であり、単なるあだ花に過ぎなかったかを、私たちは身を以て体験し痛感した。西洋近代文化の摂取にとって、明治以後八十年の歳月は決して短かすぎたとは言えない。にもかかわらず、近代文化の伝統を確立し、自由な批判と柔軟な良識に富む文化層として自らを形成することに私たちは失敗して来た。そしてこれは、各層への文化の普及滲透を任務とする出版人の責任でもあった。

一九四五年以来、私たちは再び振出しに戻り、第一歩から踏み出すことを余儀なくされた。これは大きな不幸ではあるが、反面、これまでの混沌・未熟・歪曲の中にあった我が国の文化に秩序と確たる基礎を齎らすためには絶好の機会でもある。角川書店は、このような祖国の文化的危機にあたり、微力をも顧みず再建の礎石たるべき抱負と決意とをもって出発したが、ここに創立以来の念願を果すべく角川文庫を発刊する。これまで刊行されたあらゆる全集叢書文庫類の長所と短所とを検討し、古今東西の不朽の典籍を、良心的編集のもとに、廉価に、そして書架にふさわしい美本として、多くのひとびとに提供しようとする。しかし私たちは徒らに百科全書的な知識のジレッタントを作ることを目的とせず、あくまで祖国の文化に秩序と再建への道を示し、この文庫を角川書店の栄ある事業として、今後永久に継続発展せしめ、学芸と教養との殿堂として大成せんことを期したい。多くの読書子の愛情ある忠言と支持とによって、この希望と抱負とを完遂せしめられんことを願う。

一九四九年五月三日

スニーカー大賞
作品募集中!!!
イラスト/BUNBUN
応募はWEB&カクヨムにて!
締切4月1日
大賞
200万円
優秀賞 50万円
特別賞 20万円
詳細はザ・スニWEBへ
https://sneakerbunko.jp/award/